# मेरे सपने हुए सच

‘मेरे सपने हुए सच’ एक पिता के साधनहीन होने के बावजूद अपने पुत्र को शिक्षा के औजार से सक्षम और शक्तिमान् बनाने की महागाथा है। यह जीवन-कथा व्यक्ति के भीतर आगे बढ़ने की जिजीविषा को समय के प्रत्येक पल और समाज के प्रत्येक संसाधन के सर्वोच्च उपयोग का शास्त्र है। यह चारों ओर से बेबस कर दिए गए एक पिता का जीवन-समर में अपने असहाय पुत्र को कर्मक्षेत्र में अर्जुन बनने के लिए दिया गया व्यावहारिक ज्ञान का दस्तावेज है। यह पुस्तक एक पूरे परिवार की संघर्ष-यात्रा का चित्र है।

यह जीवन-कथा सामाजिक परिस्थितियों का सटीक बयान है और ढहते पारिवारिक मूल्यों के बीच संस्कारों पर आधारित जीवनशैली की स्थापना है। व्यापारिक लेन-देन को ही जीवन-मूल्य माननेवाले समाज में निस्स्वार्थ भाव से मदद करनेवाले उज्ज्वल चरित्र भी पुस्तक के प्राणबिंदु हैं। कुल मिलाकर पुस्तक इस दौर की जीवन-व्यवस्था में व्यक्ति के चारित्रिक साहस की विजय-गाथा है, जो दुर्गम दुरवस्थाओं के दावानल से बाहर निकालने में समर्थ मार्ग दिखाती है। यह एक दिशा है—जीवन को सही मायनों में जीने और सपने को साकार करने के जज्बे की।

~•~

प्रीति कुमारी

‘हर संघर्ष को उसका स्थान मिले’ को अपना ध्येय वाक्य माननेवाली प्रीति कुमारी समाज में ‘पॉजीटिव रिपोर्टिंग’ को अपना लेखन मानती हैं। वे सामाजिक समस्याओं के बीच से जिंदगी तलाशनेवाले लोगों को ‘असली हीरो’ कहती हैं। इग्नू से एम.ए. और जम्मू से बी.एड. कर चुकी प्रीति मूलत: पूर्णिया जिले के जानकीनगर गाँव की रहनेवाली हैं। चार भाई-बहनों में सबसे बड़ी प्रीति ने लक्ष्य और संघर्ष के बीच लुका-छिपी के खेल को बहुत संजीदगी से लिया है। वे चाहती हैं कि बुरे लोग बदलें, ताकि समाज की मासूमियत को मंच मिल सके।

# मेरे सपने हुए सच

## पुत्र के लिए किए गए पिता के संघर्ष की एक सच्ची कहानी

प्रीति कुमारी

*प्रकाशक*

**प्रभात पेपरबैक्स**

4/19 आसफ अली रोड, नई दिल्ली-110002

फोन : 23289777 • हेल्पलाइन नं. : 7827007777

इ-मेल : prabhatbooks@gmail.com ❖ वेब ठिकाना : www.prabhatbooks.com

*संस्करण*

प्रथम, 2018



*मूल्य*

एक सौ पचहत्तर रुपए

अ.मा.पु.स. 978-93-5266-674-4

*मुद्रक*

आर-टेक ऑफसेट प्रिंटर्स, दिल्ली

———— ★ ————

**MERE SAPNE HUE SACH**
*by* Preeti Kumari

Published by **PRABHAT PAPERBACKS**
4/19 Asaf Ali Road, New Delhi-110002

ISBN 978-93-5266-674-4

₹175.00

अपने पूज्य माता-पिता

और

आदरणीय डॉ. विन्देश्वर पाठक जी

को

सादर समर्पित

सुलभ-संस्थापक डॉ. विन्देश्वर पाठक के साथ सौरव

# आमुख

● *अगर हम इस दुनिया में बदलाव नहीं लाएँगे तो कौन लाएगा? और यह काम हम अभी नहीं करेंगे तो कब करेंगे?*

*या*

● *किसी का भी जीवन तब तक महत्त्वपूर्ण नहीं है, जब तक वह अपने आसपास के लोगों के जीवन पर प्रभाव छोड़ने के योग्य नहीं है।*

*या*

● *जब हम प्रसन्नता से भरकर मदद करते हैं और इस प्रकार की मदद को उसी मर्यादित भाव से ग्रहण किया जाता है तो फिर सब तरफ शुभ-ही-शुभ होता है।*

मैं इसी भाव को जीवन जीने का केंद्र-बिंदु मानता रहा हूँ। मानव-जीवन को जब भी मैंने टटोला है, उसमें मनुष्य के कल्याण को ही सर्वोपरि लक्ष्य माना गया है। मेरा प्रबल विश्वास है कि जिस प्रकार हम सूर्य को उसकी ऊँचाई के लिए प्रणाम नहीं करते, बल्कि उसकी उपयोगिता या जीवन-मूल्य के लिए उसके आगे नतमस्तक होते हैं, उसी प्रकार व्यक्ति को धन के लिए

नहीं, बल्कि उस धन के कल्याणकारी प्रयोजन के लिए किए गए उपक्रमों को हमें नमन करना चाहिए।

जीवन अनमोल है और प्रतिभाएँ अमूल्य हैं। किसी भी व्यक्ति की सबसे बड़ी पूँजी उसकी सकारात्मक सोच और ऊँचे लक्ष्यों के लिए अपनी निम्न स्थिति को भी बिसराकर किया जानेवाला अथक परिश्रम ही है। जीवन सभी जीते हैं, परंतु सार्थक जीवन जीना विरलों को ही आता है। इन विरलों से समाज का वर्तमान और मानवता का भविष्य तय होता है।

श्री ओम प्रकाश यादव ने जिस प्रकार अपने पुत्र सौरव कुमार के भाग्योदय के लिए तपस्या की, वह हर मायने में भगीरथ प्रयास ही कहा जाएगा। एक छोटी जोत का किसान, जिसके परिवार ने कभी भी उसकी बदहाली की फिक्र नहीं की, जो शिक्षित होने के बावजूद नौकरी नहीं प्राप्त कर पाया, जिसके रिश्तेदारों और समाज ने तानों-उलाहनों को उसकी गरीबी का ताना-बाना बनाकर पहना दिया हो—ऐसे व्यक्ति का आगे बढ़ना तो बहुत दूर है, वह अगर स्वयं को विपरीत स्थितियों में जीवित भी रख पाता है तो बहुत बड़ी बात है! यही व्यक्ति, इस प्रकार के दुश्चक्र में फँसा व्यक्ति, जब अपने समय और भाग्य से कड़ा लोहा लेते हुए अपने पुत्र के भाग्य को शिक्षा का ताज पहनाकर चमका देता है तो उसके हौसले की दाद देने का मन करता है। श्री ओम प्रकाश यादव ने सौरव को तकनीक, ज्ञान और उद्यमशीलता के जिस शीर्ष पर पहुँचाया है, वह एक महागाथा से कम नहीं। उनका संघर्ष एक ऐसे पिता की तपस्या है, जो साधनहीन और अभावग्रस्त होने के बावजूद लगन और कड़ी मेहनत के औजारों से भविष्य का निर्माण करने में सक्षम है। यह पुस्तक उन हजारों-लाखों अभिभावकों और छात्रों, बल्कि समाज के प्रत्येक वर्ग के जागरूक लोगों के लिए ऐसी मशाल है, जो निराशा

और अंधकार के माहौल में उस अटल सत्य की तरह प्रकाशमान है, जो सदियों से आगे बढ़ने की चाह रखनेवालों को राह दिखाती आई है और दिखाती रहेगी।

शुभकामनाएँ और शुभाशीष!

**–डॉ. विन्देश्वर पाठक**
क्रियाशील समाजशास्त्री एवं समाजसुधारक
संस्थापक, सुलभ–स्वच्छता एवं सामाजिक सुधार–आंदोलन
ब्रांड ऐम्बैसडर, स्वच्छ रेल मिशन और
सदस्य, राष्ट्रीय विधिक सेवा प्राधिकरण (नालसा)

# लेखिका की कलम से

बच्चे अपनी बनाई एक दुनिया में जीते और धीरे-धीरे बड़े होते हैं। उनके आस-पास की दुनिया भी अलग होती है। वे बाहर की उस दुनिया से भी अपनी खुद की दुनिया का चश्मा पहनकर ही मिलते हैं। अपने माँ-पिता की बातें, उनका व्यवहार, भाई-बहनों से प्रेम और लड़ाई, गरीबी-अमीरी की सोच और स्थितियाँ—कितना कुछ होता है बच्चों की छोटी-सी दुनिया में! उनके अपने सवाल होते हैं, जिनके जवाब वे चाहते हैं कि उनके माता-पिता उन्हें दें। उनकी इच्छाएँ होती हैं छोटी-छोटी, जिनके बारे में वे चाहते हैं कि माता-पिता कुछ 'बड़ा' सोचें। उनकी चाहत और जरूरत की भी अलग तसवीर उनके मन में होती है, जिसे वो चाहते हैं कि माता-पिता कभी उनसे सुनकर, तो कभी बिना सुने ही जान जाएँ। कितना कुछ होता है बच्चों की अपनी दुनिया में—इतना अलग और बेहद मासूम।

पर बड़ों की दुनिया में सबकुछ 'इतना' मासूम और कोमल नहीं होता। दुनियादारी के हिसाब से चलना उनके परिवार की सबसे बड़ी जरूरत होती है। इसलिए वे अपने बच्चों को भी इस दुनिया के दाँव-पेच सिखाते हैं। वे उन्हें इस लायक बना देना चाहते हैं कि उनके बच्चे कभी भी, किसी भी बाधा से न डरें। पर

ऐसा करते-करते वे खुद उस बच्चे की जिंदगी में कई बार बाधा बन जाते हैं। मेरा मानना है कि बच्चे तभी सब ओर से सफल हो पाते हैं, जब हम उन्हें परिवार के होने का मूल्य और जीवन की विषमताओं को सामूहिकता की शक्ति से पार करके आगे निकलना सिखा पाते हैं। परंतु इससे भी महत्त्वपूर्ण यह है कि बतौर अभिभावक, हम केसा आचरण या व्यवहार करते हैं, क्योंकि यही व्यवहार हमारे बच्चों को हमसे आगे जानेवाली टीम का मुखिया बनाता है। जो माता-पिता बच्चों को भविष्य का नेतृत्व करनेवाली पलटन का प्रमुख अंश मानते हैं, वे उनके साथ जीते और मरते हैं और हर साँस उनके साथ दम भरते हैं, पर जो इस प्रकार की सोच से अभी वाकिफ नहीं हैं या इसपर यकीन नहीं करते, वे बच्चों को अपने जीवन में बाधा और ऊर्जा खत्म करनेवाले यंत्रों के रूप में देखते हैं।

भविष्य सुनहरा है और इसे सँभालने के लिए दिमाग और हुनर, दोनों परम आवश्यक हैं। माता-पिता बच्चे की वह रीढ़ हैं, जिसपर परिवार का पूरा ढाँचा और अंततः समाज की पूरी संरचना टिकी है। इसलिए अभिभावकों पर ज्यादा बड़ी जिम्मेदारी है कि वे बच्चों की दशा-दिशा निर्धारित करें, पर उन्हें विश्वास में लेकर।

'मेरे सपने हुए सच' पुस्तक इसी भाव को लेकर लिखी गई है। इसमें भाव मेरे माता-पिता व परिवार के हैं, पर मैंने उन्हें शब्द दे दिए हैं। मेरी कोशिश थी कि मेरे परिवार, विशेष तौर पर अभिभावकों ने मेरे भाई सौरव कुमार की परवरिश में, पालन-पोषण अर्थात् पैरेंटिंग के जो नए मानक गढ़े हैं, वे अन्य अभिभावकों के लिए भी पथ-प्रदर्शक बनें। इस पुस्तक में अन्य पारिवारिक सदस्यों की जो भी सहयोग-संबंधी भूमिका है, वह भी काबिले-तारीफ है। पुस्तक में अपने पिता श्री ओम प्रकाश यादव के योगदान का जो भी

वर्णन मैंने किया है, वह सूरज को दीपक दिखाने सरीखा है। किसी पिता की सोच इतनी गहरी और बड़ी हो कि अपने बच्चे के लिए वे अपनी आजीविका को महत्त्व न दें, संसार-भर के ताने सहें, परंतु अपने जीवन-धर्म को निबाहने में कोई कसर न छोड़ें, तो निश्चित ही वे समाज के लिए आदर्श हैं। यह तो सत्य ही है कि जो भी पिता अपने बच्चे को शीर्ष पर पहुँचाने के लिए स्वयं को होम करने का भाव रखेगा, उसकी चर्चा ऐसे श्रेष्ठ पिता और सफल व्यक्ति के रूप में सदा होगी, जो संसार को समृद्ध करने और रूपांतरित करने में जननायक है।

प्रस्तुत पुस्तक में मेरे पिता ने अपने बेटे के पालन में जो बारीकियाँ सीखीं और जानीं, मैंने उन्हें समाज के सामने रखने का प्रयास किया है, ताकि पालन-ज्ञान की यह धरोहर यों ही न बिसरा दी जाए। सभी अभिभावकों को बेहतर पैरेंटिंग के सुझाव देना, उन्हें सफलता की रणनीतियाँ सिखाना और अपनी संतान को समाज में उपयोगी स्तर पर शीर्ष तक ले जाना—इस पुस्तक का यही मूल भाव है।

आशा है कि इस भाव को समझ और अपनाकर अन्य माता-पिता भी अपने होनहारों को सौरव कुमार जैसा बनाने की दिशा में आगे आएँगे।

**—प्रीति कुमारी**

# अब सफल है सौरव

एक फिल्मी गाना है, जो हम बचपन से सुनते आ रहे हैं—'शीशा हो या दिल हो, आखिर टूट जाता है, टूट जाता है…।' पर मेरी जिंदगी में तो यह गाना हकीकत बन गया था। दिल तो क्या, मेरे सपने भी चकनाचूर हो गए थे। मुझे एक तरह से अपने जीवन से बहुत नफरत हो चुकी थी। मेरे मन में खालीपन था और आँखों के सामने अँधेरा। मेरा दिमाग बिल्कुल खाली हो चुका था और मेरी खाली जेब हर वक्त मेरी जिंदगी को लानत देती थी। मैं

*सौरव के माता-पिता*

पढ़-लिखकर भी सिर्फ··· फकत, एक अदना-सा किसान बनकर रह गया था। वजह–मुझे कोई जॉब ही नहीं मिली।

मेरी परेशानी सिर्फ मेरी दिक्कत थी। मेरे माँ–बाप को लगता था कि यह सब मेरा किया–धरा है। उन्हें लगता था, मैंने जान–बूझकर, आलस्य में नौकरी नहीं की, पर मैं कैसे उन्हें अपना सीना चीरकर दिखाता! हर वक्त उनकी भृकुटि तनी रहती और उसमें से तानों के तीर पल–पल पर छूटते रहते। पर समय को इस सबसे क्या लेना! यह प्रीत न रखनेवाला समय का आजाद पंछी पल–पल, दिन–दिन करके अपनी चाल से उड़ता चला गया। मेरी बदतर हालत में ही मेरी शादी की जिम्मेदारी भी मुझ पर आ पड़ी। एक गरीब किसान, जिसके माँ–बाप उससे नाराज रहते हों कि उसने पढ़–लिखकर भी कुछ 'खास' नहीं किया, उसकी शादी एक मजबूरी के सौदे से ज्यादा क्या हो सकती थी!

जो रिश्ता स्वर्ग में बनता है, जो जोड़ियाँ भगवान् के यहाँ तय होती हैं, उन्हें जब इस धरती की खाक छाननी पड़ती है तो सारा मजा सजा में बदल जाता है। मेरे साथ यही तो हुआ। कहाँ अपनी नई–नवेली दुल्हन को मैं ठाठ कराता, उसके सपनों के अरमान सजाता, उसके रंगों में उमंगें भरता और उसकी इच्छाओं को पंख लगाता और कहाँ मैं अपनी गरीबी की चादर के छेदों को छिपाता फिरता, अपने स्वाद को भूख की जरूरत के नीचे दम तोड़ते देखता और रंगीन सपनों की कल्पना की जगह जीवन के स्याह–सफेद की हकीकत समझने में पूरा बरस देखते–देखते बिताने लगा!

समय अपनी चाल चलता है, यह तो सुना था, पर उसके पाँव तले कुचले जाकर किसी की आत्मा कैसे तड़पती है, यह मैं पहली बार भुगत रहा था। शादी के बाद पारिवारिक जिम्मेदारी में अब बच्चे भी जुड़ गए थे। मेरी जी–तोड़ कोशिश भी सीना फाड़कर

मुँह बाए खड़ी मेरे परिवार की जरूरतें पूरा करने में नाकाम थी। पैसे की तंगी एक अनिवार्य सूखे की तरह मेरी जिंदगी में मौजूद थी। वैसे तो रोज कुआँ खोदना और पानी पीना हमारे देश के लाखों लोगों की मजबूरी है। मैं इस जिल्लतभरी जिंदगी को जीनेवाला अकेला नहीं था। पर जिन लोगों के साथ या जिनके लिए हम दिन-रात, उठते-बैठते, जीते और मरते हैं, वे ही हमारी हर बात में, साँस में और हर काम में खोट-ही-खोट ढूँढ़ेंगे तो मन पर क्या बीतेगी! 'बाप बड़ा न भैया, सबसे बड़ा रुपैया'—एक ऐसा कड़वा सच था, जो मैं दिन-रात भुगतता था, तड़पता था, सिर पटकता था, पर उससे खुद को बचाना मुश्किल था। माता-पिता से कभी अगर पैसा माँग लेता, वो भी बहुत जरूरत पड़ने पर, तो हथेली पर दमड़ी रखना तो बहुत दूर की बात, उनकी जुबान मेरी चमड़ी उधेड़ने में एक पल की भी देर नहीं करती थी। वे जब बोलना शुरू करते तो लगता मानो पिघला सीसा मेरे कानों तले उतर रहा है। एक-एक मिनट करोड़-करोड़ वर्ष का हो जाता। मैं नजरों को जमीन में गड़ाए, अपनी तार-तार होती इज्जत को बचाने के लिए गुमसुम-सा खड़ा रहता। और पिता की जुबान के कोड़े तब तक चलते रहते, जब तक वे कई बार अपनी पुनरावृत्ति करके मेरे मन पर पक्के घाव नहीं छोड़ देते। बाद में ये घाव रिसते रहते और मेरी आत्मा सुबकती रहती।

रोज सुबह होती और फिर शाम आ जाती। मेरी पत्नी दिन-रात खटती रहती थी। उसका शरीर भी टूटता और आत्मा भी जार-जार हो जाती। उसे पता था कि मेरी और मेरे परिवार की मदद के लिए कोई नहीं है। मुझे भी बैल की तरह खेतों में जुटा देखकर वह बोलती तो कुछ नहीं थी, पर मेरी थकान का दर्द उसकी आँखों में भर आता। पहले धीरे-धीरे उसने मेरे हालात पर अपने गुस्से की

*सौरव तथा उसकी माँ*

भाप निकालने की कोशिश की, फिर जब उसका बस न चला तो वो चूल्हे की सूखी लकड़ियों की तरह तपने लगी। उसने रट पकड़ ली कि मैं नौकरी करूँ। उसका यह राग मेरे जीवन का खटराग

बन गया। सुबह-शाम, हर पहर वह मुझे काम के लिए कहती। उसमें मुझे एक ऐसी बेबस औरत की छवि दिखती, जिसे दो पल चैन से जीने के लिए और भी ज्यादा बेचैनी से लड़ना पड़ रहा था। उसका गुस्सा दरअसल उसका दुःख था, यह मुझे साफ दिखता था। पूरे दिन घर का काम, फिर बच्चों का ध्यान रखना और बूढ़े सास-ससुर की देखभाल–एक मशीन भी शायद उससे कम काम करती।

जिन लोगों को सच में काम करना चाहिए था, वे तो काम करने को कतई राजी नहीं थे। गाँव में स्कूल की हालत खस्ता थी। पढ़ाई का तो भगवान् ही मालिक था। गाँव के लोगों का तो पढ़ाई से दूर से ही राम-राम था। सरकारी स्कूल किसी बाड़े जैसा था, जहाँ ढोर की जगह बच्चे इकट्ठे किए जाते थे। शिक्षक अपने खेतों की देखभाल, रिश्ते-नाते निभाने और संपन्न किसानों से वस्तुएँ लाभ में लेने के लिए जीभ लपलपाते रहते थे। पद, रुतबा और उपहार ही उनकी रुचि के विषय थे। किताबें और आदर्श–उनके विषय नहीं थे। गन्ना, चना, घी, गेहूँ और शॉल, चादर, लट्ठे का कपड़ा, रजाई–बस यही गणित उनके दिमाग में चलता रहता था। उनका पूरा दिन इसमें बीतता कि किससे क्या वसूलना है! और यही जुगाड़बाजी उनकी बुद्धि को नियंत्रित करनेवाली ताकत बन गई थी। रही-सही कसर, बिजली की कमी पूरी कर देती थी। हालाँकि खुले में पेड़ के नीचे कक्षाएँ लगाना मास्टरों का प्रिय शगल था, पर गरमियों में नदारद बिजली के बहाने से वे घंटों नीम-कीकर के नीचे ऊँघते रहते। सर्दियों में इन्हीं पेड़ों के नीचे आग तापने के बाद उनका दिमाग थोड़ा-बहुत चल पाता। एक मायने में, मौसम के साथ उनकी अच्छी साँठ-गाँठ थी और दोनों मिलकर बच्चों का कबाड़ा करने पर तुले थे।

गाँव में, वैसे भी, कुछ दशा-दिशा नहीं थी। गाँव की सुबह तो सबकी अपने-अपने काम करने में बीतती, पर शाम मानो राजनीति की फसल काटने के लिए बनी थी। देश में कौन-सी पार्टी क्या कर रही है, कौन-सा नेता क्या घोटाला कर रहा है, अब नया कदम क्या होगा विपक्षी पार्टी का–ये सबकुछ गाँववाले इतनी गहराई से उधेड़ते-बुनते कि लगता मानो देश को यही चला रहे हैं। वह कहावत है न–जैसा संग, वैसा रंग। जितना ज्यादा ये लोग राजनीति की कुटिलताओं की चर्चा करते, उतना ही गाँव का माहौल भी राजनीतिक रंग ले लेता। नेताओं और पार्टियों के जोड़-तोड़ की चर्चा करते-करते कब गाँववाले दो गुट में बँट जाते और छोटी-छोटी बातों पर लड़ बैठते, यह उन्हें पता ही नहीं चलता। मैं इन सबसे दूर रहने की कोशिश करता। मुझे लगता रहता कि मुँह से पेट का रास्ता जब इतना सँकरा है तो राजनीति की लंबी-चौड़ी बिसात पर दौड़ने से क्या होगा! मैं इन गाँववालों के बीच 'एक अजनबी' था, पर मैं इस तरह से निर्लिप्त रहकर खुश था।

इस माहौल से भी मुझे प्रेरणा मिली कि मैं गाँव के कुएँ से बाहर निकलूँ। मैं शहर जाकर अपने बच्चों को पढ़ाने के लिए जीने-मरने की स्थिति में आ गया था। लेकिन मेरी तकदीर कहें या कि समय की मार, मुझे कोई राह नहीं मिल रही थी। मैं अकेला था और मेरी इच्छाएँ ही सिर्फ मेरा सहारा थीं। पर जब चाह गहरी हो जाती है तो तकदीर का दरवाजा जरूर खुलता है। एक बार मैं शहर गया था किसी काम से। किसी पहचानवाले ने बताया कि कॉलेज में बहुत सारे पोस्ट खाली हैं। उन्होंने कहा कि मेरी पढ़ाई-लिखाई के हिसाब से मुझे वहाँ नौकरी मिल सकती है। उन्होंने जोर देकर कहा कि मैं कॉलेज जाकर पता करूँ। उनके दबाव ने मुझे प्रेरित किया कि मैं नौकरी खोजने की कोशिश करूँ।

एक तरह से यह उस बंद दरवाजे पर बरसों बाद दी जानेवाली ऐसी दस्तक थी, जो शायद मैं अपने आप तो कभी भी नहीं देता। उस परिचित के शब्दों ने मेरे हाथों को एक बार फिर से नौकरी का दरवाजा खटखटाने का साहस दे दिया। खैर, मैंने भगवान् का शुक्रिया अदा किया और कॉलेज गया नौकरी का पता करने के लिए। कॉलेज जाकर कुछ और ही बात पता चली। पता चला कि तीस हजार रुपए देकर नौकरी मिलेगी। मुझे बड़ा झटका लगा, पर मैं नौकरी की बड़ी मुश्किल से मिली इस आशा को छोड़ना नहीं चाहता था। मैंने घर आकर अपनी पत्नी को इस नौकरी के बारे में बताया। पत्नी तो मानो इंतजार में ही बैठी थी। उसने कहा कि मैं इस बारे में बाबूजी से बात करूँ और उनसे रुपए-पैसे की मदद माँगूँ? मैं पत्नी की बात मानना तो नहीं चाहता था, क्योंकि अपने पिता का स्वभाव मैं जानता था। पर मेरे पास और कोई रास्ता नहीं था। इसलिए मैं जी कड़ा करके बाबूजी से 10,000/- रुपए माँगने गया। उनकी आनाकानी देखकर मैंने बड़ी हिम्मत जुटाकर कहा कि जैसे ही नौकरी लगेगी, मैं सबसे पहले उनका पैसा लौटा दूँगा, पर जैसा कि मैं जानता था, वे बिल्कुल नहीं पसीजे।

मुझे ध्यान आया कि मैं अपनी बहन से भी तो मदद माँग सकता हूँ। मैं अपनी बहन के पास मधेपुरा चला गया। मैंने उसे नौकरी के बारे में बताया। उसने भी पैसे देने के लिए साफ मना कर दिया। मैंने उसे समझाने की कोशिश की, पर उसने कुछ नहीं सुना। थक-हारकर मैं वापस अपने घर आ गया।

मेरी निराशा मेरे परिवार पर वज्र की तरह गिरी, पर मेरी पत्नी ने हार नहीं मानी। उसने कई करीबी रिश्तेदारों से पैसे माँगने की कोशिश की, लेकिन किसी ने भी मदद नहीं की। सभी रिश्तेदारों

और नातेदारों का कहना था कि वे अगर मेरी पत्नी को पैसे देंगे तो वो रकम डूब जाएगी, क्योंकि मेरी आमदनी का कोई निश्चित जरिया नहीं था। यह कितनी बड़ी विडंबना है कि जिस नौकरी से मैं पैसा इकट्ठा करके वापस लौटा सकता था, उस नौकरी को प्राप्त करने के लिए पैसा इकट्ठा करना मेरे लिए असंभव हो गया था। मुझे याद आया कि पैसेवाले की ही मदद पैसेवाला करता है, वरना मेरी बहनों के पास काफी पैसा था। मेरे बाबूजी खुद सरकारी नौकरी में थे। सभी रिश्तेदारों के पास भी काफी पैसा था। बस मैं ही एक निर्धन था। न मेरे पास नौकरी थी और न पास में रुपया-पैसा। इसलिए मुझे और मेरे परिवार को कोई नहीं पूछता था। सभी लोग, खासकर सभी रिश्तेदार, मुझे और मेरे परिवार को नीची निगाहों से देखते थे।

नौकरी मिलने के बाद मेरी दुनिया बदलने का जो सपना था, वह चकनाचूर हो गया। अब मैं और मेरी मेहनत ही मेरा संबल था। भगवान् पर भरोसा ही मेरी मेहनत का केंद्र था। मेरे बच्चे ही मेरे जीवन में आशा की किरण थे। मेरे चार बच्चे थे—दो बेटियाँ और दो बेटे। बेटी बड़ी थी, नाम था प्रीति। वह गाँव के सरकारी स्कूल में पढ़ती थी। पढ़ने के नाम पर वहाँ बस दाखिला-भर था, पढ़ाई तो थी नहीं। फिर भी मेरी पत्नी ने बेटी को शिक्षित करने की ठानी थी। लिहाजा, उसने घर पर बेटी को पढ़ाने के लिए अलग से ट्यूटर रखा था। लेकिन मेरी माँ उस ट्यूटर को किसी-न-किसी तरीके से भगा देती थी। न मेरी पत्नी की चल पाती, न मेरी। थककर मेरी पत्नी ने बेटी को दूसरे के घर पढ़ने के लिए भेजने की व्यवस्था बनाई। मेरी माँ को न जाने कैसे इसकी भनक लग गई, वह वहाँ भी पहुँच गई और उसे वहाँ से भी उलटा-सीधा कहकर भगा दिया। मैं तो दिन-भर खेत में मिट्टी-मिट्टी

होता था। मुझे तो सुबह का सूरज दिखता था, रात का चाँद कब निकलता है और कब कितनी चाँदनी बिखेरता है, मुझे कुछ पता न चलता था। कहाँ बच्चों की पढ़ाई पर ध्यान देता, मेरा तो अपनी ओर ही ध्यान नहीं जाता था। मेरी मजबूरियों को भाँपकर पत्नी ने खुद ही जिम्मेदारी भरा कदम उठाया। उसने प्रीति को पढ़ने के लिए मायके भेज दिया। उसे उम्मीद थी कि वहाँ प्रीति कुछ पढ़-लिख लेगी। पर बिटिया के लिए वहाँ भी मुश्किलें पीछा करती पहुँच गईं। मेरे ससुर बीमार हो गए और कुछ दिन बाद उनकी मृत्यु हो गई। इस वजह से मेरी सास अकेली पड़ गईं। हालाँकि उनके तीन बेटे थे, पर तीनों अलग-अलग रहते थे। अब मेरी सास अकेली थीं, वृद्ध थीं और पति की मृत्यु के बाद टूट गई थीं तो मेरी बेटी की क्या मदद करतीं! मेरी बेटी जब अलग-थलग पड़ने लगी तो मैं अपनी बिटिया को वापस लिवा लाया। एक बार फिर गाँव में वापसी के बाद बिटिया की पुराने ढर्रे पर पढ़ाई-लिखाई चलने लगी। बिटिया की परेशानी देखकर मेरे बाबूजी का दिल शायद थोड़ा पसीजा होगा। एक दिन उन्होंने कहा कि मैं प्रीति का नाम शहर के स्कूल में लिखवा दूँगा। उन्होंने कहा कि प्रीति ठीक से पढ़ सके, इसके लिए वे उसे हॉस्टल में डाल देंगे। हमारी तो मानो लॉटरी लग गई। पर मेरी माँ की जिंदगी में जैसे बम फट गया। उन्होंने घर को सिर पर उठा लिया और प्रीति को शहर के स्कूल में दाखिला दिलाने की खुशखबरी का जो गुब्बारा था, वो फुस्स हो गया।

वैसे खुशियों के गुब्बारे फुस्स होने की यह घटना पहली नहीं थी। आए दिन मेरे और मेरे बच्चों की खुशियों को कैसे पलीता लगता था, हम खूब जानते थे। हमारे गाँव में दशहरा मेला लगता ही था। और हर साल मेरी बहन अपने बच्चों के साथ इस मेले का आनंद लेने के लिए दस दिन तक हमारे घर रुकने के लिए आती

थी। मेरे माँ-बाबूजी और बहन का सारा परिवार मेला देखने जाते थे, लेकिन मेरे बच्चों को वे नहीं ले जाते थे। सभी नए-नए कपड़े पहनकर मेले में खूब मजा करते थे, लेकिन मेरी जेब खाली होने की वजह से मैं अपने बच्चों को कुछ भी–नया कपड़ा या कोई चीज–नहीं दे पाता था। मेरी बहनें मेले से मेरे परिवार के लिए सिर्फ एक पाव जलेबी लाती थीं। अपने बच्चों के लिए रसगुल्ले लाती थीं और किसी को भी नहीं देती थीं। इतना भेदभाव देखकर मेरा मन बहुत दुःखी होता था। पर मैं चुपचाप सहता था, क्योंकि मैं कुछ भी कर नहीं सकता था। पैसे की मजबूरी से एक अच्छा-भला इनसान कैसे जिंदा लाश में बदल जाता है, यह मैं खुद ही देख भी रहा था और भुगत भी रहा था।

खैर, बादल जब घने हो जाते हैं तो बरखा आती है। जब पीड़ा हद से ज्यादा गुजर जाती है तो वही दवा बन जाती हैं। मैं भी अपनी पीड़ा को ही अपनी दवा मानकर अपने भविष्य का चिंतन करने में लगा रहा। मेरे साथ भी कुछ ऐसा ही हुआ। एक दिन शाम का समय था। मैं खेतों में बैठा था। अपने भविष्य को लेकर मेरा सोच-विचार जारी था। अचानक मुझे किसी के आने की आवाज सुनाई पड़ी। मैंने पीछे मुड़कर देखा तो गाँव के रिश्ते के चाचा रामनाथ थे। वे प्रणाम स्वीकार करने के बाद मेरे पास बैठ गए। उन्हें जब पता चला कि पढ़ाई-लिखाई के बाद भी मैं खेतों में हल जोत रहा हूँ तो वे भड़क गए। बोले–'इतना पढ़-लिखकर क्यों इस काम में लगे हो? इससे कुछ नहीं मिलनेवाला!' मेरा मन बुझ गया। उन्होंने मेरे कंधे पर हाथ रखते हुए कहा–'चिंता मत करो। तुम पढ़े-लिखे हो। शहर जाकर बच्चों को पढ़ाओ-लिखाओ, वरना यहीं खेती-बाड़ी करते-करते तुम भी इसी माटी में एक दिन मिल जाओगे और बाद में तुम्हारे बच्चों का भी यही हाल होगा।' मेरी

आँखों में पानी भर आया। किसी ने इतने सालों में पहली बार मेरी जिंदगी के बारे में सोचा था, परवाह की थी। मैं अंदर तक कृतज्ञता से भर गया। इन्हीं क्षणों में उन्होंने ऐसी बात कही कि वो सदा के लिए मेरे भीतर तक उतर गई। चाचा रामनाथ ने कहा–'तुम्हारा भविष्य तुम्हारे बच्चे हैं, वो ठीक से पढ़-लिख गए तो समझो, तुम सफल हो गए।' रात-भर चाचाजी की बात मेरे जेहन में घूमती रही। रात-भर उनकी बात के इर्द-गिर्द मेरे भविष्य के सपने घूमते रहे।

अगले दिन की सुबह कुछ खास थी। हालाँकि वही घर था, माँ-बाप, पत्नी और बच्चे भी वही। खेत-खलिहान सब वही, पर मन में कुछ नया उग आया था। मेरे पाँव ही धरती पर नहीं पड़ रहे थे। मैंने मौका निकालकर पत्नी को घर के कोने में बुलाया और अपने दिल की बात रख दी। मैंने बताया कि चाचा रामनाथ के कहने से मेरे मन में एक बार फिर अपना जीवन बदलने की आस जगी है। फिर मैंने अपनी कमजोरियाँ और डर भी उसे बताए। मैंने बहुत हिम्मत के साथ सच बोला कि मैं शहर जाकर नई जिंदगी शुरू करना चाहता हूँ, लेकिन सबकुछ बहुत बेहतर तरीके से नहीं कर सकूँगा। मेरे पास सिर्फ उतना ही पैसा है, जिससे मैं साधारण खाने-पीने के साथ बच्चों की पढ़ाई का खर्चा उठा सकता हूँ। मेरी पत्नी का जवाब वैसे तो मुझे मालूम था, पर जो उसने कहा, वह आज भी मेरे कानों में गूँजता है। उसने कहा–'कोई खर्चा हमारे लिए जरूरी नहीं, बच्चों की पढ़ाई के सिवा। बच्चे पढ़-लिखकर खूब बड़े बन जाएँ, मुझे इससे ज्यादा कुछ नहीं चाहिए।' बस मेरा तो मन भर आया। मैंने उसे अंक में भर लिया। मुझे उस समय वो इतनी अपनी लगी कि मैं बता नहीं सकता। मेरे सपनों के पंखों को ताकत मिल गई।

जो मेरे सपनों की जमीन थी, वो मेरे गाँव से सिर्फ पाँच

किलोमीटर दूर थी। शहर का नाम था–जानकीनगर बाजार। यह एक कस्बानुमा स्थान था–न पूरा गाँव और न पूरा शहर। सही मायनों में, हमारे गाँव के लोगों को जो भी आवश्यकता पड़ती, वो जानकीनगर बाजार पूरा करने के योग्य था। इस कस्बानुमा स्थान पर मेरे बाबूजी की कुछ खानदानी जमीन भी थी। मुझे लगा कि बस दो कमरे बनाकर अपने बच्चों को पढ़ाने के लिए मैं जानकीनगर बाजार ले जाऊँगा। यह विचार मुझे मेरे जीवन को बदलने के लिए किसी दैव-इच्छा जैसा लगा। अगले ही दिन मैं जानकीनगर बाजार गया। वहाँ जाकर मैंने हालात का पूरा जायजा ले लिया। जब मेरे सामने बहुत-सी बातें स्पष्ट हो गईं तो मैंने सोच लिया कि इस बार की फसल काटने के बाद उसे बेचकर जो भी पैसा आएगा, उससे मैं जानकीनगर बाजार में मकान बनाकर बच्चों को वहाँ रखूँगा।

जल्द ही फसल कटने का समय आ गया, मेरी मुराद पूरी होने का समय आ गया। मैंने वह फसल बेच दी और दो कमरे का मकान जानकीनगर बाजार में बनाने में जुट गया। बहुत जल्द ही मकान बन गया–साधारण मकान बनने में समय ही कितना लगता है! खैर, मकान बना तो मैं अपनी पत्नी और बच्चों को गाँव से ले आया। मैंने अपनी बड़ी बेटी को एक प्राइवेट स्कूल में दाखिला दिला दिया। घर पर भी शाम को एक टीचर उसे पढ़ाने के लिए रखवा दिया। मैंने अपने गुजारे के लिए किराने की दुकान खोल ली। मेरी दिनचर्या सेट हो गई। मैं किसान से दुकानदार हो गया।

घर में भी पढ़ाई का माहौल बन गया। जब शाम को टीचर मेरी बेटी को पढ़ाने के लिए आते तो मेरी पत्नी बेटे को भी उसके साथ पढ़ने के लिए बैठा देती। बेटे का नाम सौरव है। उस समय वह था तो सिर्फ चार साल का, पर पढ़ने में होशियार था। टीचर

*सौरव बच्चों के साथ पढ़ते हुए*

जो भी उसे पढ़ाते, वह एक बार में सीख लेता। उसे दुबारा पाठ सिखाने की जरूरत नहीं पड़ती थी। एक दिन टीचर ने सौरव की दिमागी क्षमता समझने के लिए उसका छोटा-सा इम्तहान लिया। उन्होंने सौरव को ABCD लिखकर दिखाने के लिए कहा। सौरव ने तुरंत स्लेट पर लिखकर टीचर को दिखा दिया। टीचर की हैरानी का ठिकाना नहीं रहा। हम लोग भी दंग रह गए। सौरव की होशियारी गजब की थी। हर दिन टीचर उसे नई-नई बातें सिखाते थे और सौरव सबकुछ चुटकियों में सीख लेता था। टीचर सौरव की क्षमता के कायल हो गए। एक दिन टीचर ने सौरव के बारे में उसकी माँ को कहा कि उसकी बुद्धिमत्ता कुछ अलग और विलक्षण तरह की है। अगर उसे ढंग से पढ़ाया जाए तो वह आगे चलकर कुछ बेहतर कर सकता है।

शाम को सौरव की माँ ने टीचर की कही बात मुझे बताई। मैं चाय पी रहा था और किसी उधेड़बुन में था। मैंने इसपर ज्यादा ध्यान नहीं दिया और पत्नी को समझाया कि हर बच्चा पढ़ने में

तेज होता है और हर टीचर बच्चों को आगे बढ़ाने के लिए ऐसे ही कहते हैं। चाय पीकर मैं फिर दुकान पर चला गया।

गरमियों में एक और घटना घटी, जिसने मुझे सौरव की बौद्धिक क्षमता का एहसास ताजा करा दिया। शाम को टीचर प्रीति को पढ़ाने के लिए आए। वे प्रीति को सब्जियों के नाम अँगरेजी में पढ़ा रहे थे। टीचर प्रीति को यह कहकर चले गए कि कल वे इन नामों को सुनेंगे, इसलिए वह नाम याद कर ले। अगले दिन जब टीचर पढ़ाने के लिए आते हैं तो वे प्रीति से पूछते हैं–

टीचर–''सब्जियों के नाम याद हो गए।''

प्रीति–''हाँ जी सर, याद हो गए।''

टीचर–''प्रींजल का मतलब बताओ।''

प्रीति–''पता नहीं, सर।''

तभी सौरव अचानक आकर टीचर से कहता है, "सर, प्रींजल नहीं, ब्रींजल का मतलब बैंगन होता है।"

सर ने कहा, "नहीं, प्रींजल का अर्थ बैंगन होता है।"

मैं दुकान पर बैठकर सारी बातें सुन रहा था। मैं टीचर के पास जाता हूँ और उन्हें बताता हूँ कि सौरव ठीक कह रहा है। ब्रींजल का अर्थ ही बैंगन होता है। किताब फट जाने के बाद ब्रींजल की जगह प्रींजल दिख रहा था।

इस एक घटना से मुझे सौरव की बौद्धिक क्षमता का कुछ-कुछ अंदाजा लग गया। ऐसी ही कुछ और घटनाएँ घटीं तो मुझे लगा कि सौरव पढ़ने में तेज है और इसे अगर ढंग से पढ़ाया जाए तो जरूर एक दिन मेरा नाम रोशन करेगा। मैंने सोचा कि सौरव को मैं खुद ही पढ़ाऊँगा तो ज्यादा जल्दी तरक्की करेगा। मैं दुकान पर सौरव को बुलाकर उसे पढ़ाने लगा। मैंने उसे 1 से 100 तक गिनती याद करने के लिए कहा। उसने कुछ ही दिन में मुझे

याद करके सुना दी। फिर लिखकर भी दिखा दिया। अब तो मुझे यकीन हो गया कि अगर इसे ठीक से पढ़ाया जाए तो यह जरूर कुछ बड़ा काम करेगा। मुझे इस बात की धुन चढ़ गई। मैं सौरव को पढ़ाने में जी-जान से जुट गया। मेरा दुकान पर जाना भी कम होने लगा। दुकान और व्यवसाय तो पूरी मेहनत और उपस्थिति माँगते हैं। धीरे-धीरे दुकान में पूँजी की किल्लत पड़ने लगी और दुकान की साँसें चलनी बंद हो गईं। मुझे झटका तो लगा, पर इतना नहीं कि मैं हिल जाता। अब मेरे सामने दुकान से भी ज्यादा बड़ा मुकाम था। भविष्य की ऊँचाई को देखकर मैं वर्तमान के गड्ढों को भूल-सा गया। मैंने सोचा कि मैं सौरव को पढ़ा-लिखाकर एस.पी. बनाऊँगा, बस इसके बाद मेरे दु:ख खत्म हो जाएँगे। मेरा दुनिया से नाता टूट गया था। सौरव और मैं–अपनी इस छोटी-सी दुनिया में मैं मग्न हो गया। मैं सौरव को जितना पढ़ाता, उतना ही वह सीख लेता। इसलिए मेरा मन भी उसे पढ़ाने में बहुत लगता था। सौरव को पढ़ाने की धुन में मैं किसी त्योहार और पर्व की भी परवाह नहीं करता था। मैंने नाते-रिश्तेदारों से भी संबंध लगभग खत्म कर लिये थे। सौरव के साथ मैं एक तरह से कोठरी में बंद हो गया था। शिक्षा की ऐसी कोठरी में, जहाँ ज्ञान की ही रोशनी थी, बाकी संसार के लिए वहाँ कोई स्थान नहीं था। मैं गाँव भी जाता तो बस खेतों तक ही सीमित रहता। अगर मैं माँ-बाबूजी के पास जाता तो उन्हें लगता था कि मैं कुछ लेने आया हूँ, उनके मन के भाव पढ़कर मैंने वहाँ जाना बंद ही कर दिया।

सौरव के साथ मेरा जीवन भी नई दिनचर्या का अभ्यस्त होने लगा था। सौरव को पढ़ाने के लिए मैं सुबह 4 बजे उठता और उसे भी उठा देता। 4 साल की उम्र से मैंने उसे इस प्रकार की दिनचर्या में ढालने का प्रयास शुरू किया था। मेरी जानकारी में कोई

*सौरव को पढ़ाते हुए मैं*

भी दिन ऐसा नहीं बीता कि सौरव ने 16 घंटे पढ़ाई न की हो। सौरव को 4 बजे उठने की आदत डालने के लिए मैंने कुछ नायाब तरीके भी अपनाए थे। जैसे आलस्य को खत्म करना और पढ़ने के लिए भीतर से प्रेरणा देना–मेरे सामने दो बड़ी चुनौतियाँ थीं। मैं उसे उठाने के लिए माँ सरस्वती की कहानी सुनाता था। मैं प्रतिदिन सौरव को बहुत अपनेपन और दबाव से यह बात बताता था कि जो बच्चे सुबह 4 बजे पढ़ाई के लिए उठते हैं, वे माँ सरस्वती के प्रिय बन जाते हैं और माँ उन्हें बदले में उच्च शिक्षा और यश देती है। इसके अलावा, सौरव को सत्तू और मिठाई बहुत पसंद थी। जैसे ही वह सुबह 4 बजे उठता, उसकी माँ उसे एक गिलास चने का सत्तू देती। इसके साथ, जब मैं उसे गणित का कोई भी मुश्किल सवाल हल करने को देता तो साथ ही यह भी कहता कि अगर इसे जल्दी

से खत्म कर लोगे तो मैं तुम्हें मिठाई खिलाऊँगा। और मैं इसे पूरा भी करता था। मिठाई और मैथ्स का यह मेल, सौरव और मुझे दोनों को ही बहुत रास आ रहा था।

सौरव की मेहनत भी काबिलेतारीफ थी। वह बहुत तल्लीनता के साथ पढ़ाई करता था। वह कभी स्कूल नहीं गया। वह घर पर ही पढ़ाई करता था। सौरव हर महीने अगली क्लास का गणित तथा साइंस खत्म कर लेता था। हकीकत यह थी कि सौरव मात्र 7 वर्ष की उम्र में 10वीं क्लास का गणित और विज्ञान खत्म कर चुका था।

एक दफा की घटना है। सौरव मेरे भतीजे के साथ उसके स्कूल चला गया। मेरा भतीजा हाई स्कूल में पढ़ता था। मैं उस दिन खेत पर गया हुआ था। सौरव भतीजे के साथ ही उसकी क्लास में बैठ गया। टीचर गणित का एक टेढ़ा सवाल हल करने के लिए सभी बच्चों को देते हैं। क्लास के बच्चे उसी में लगे होते हैं कि सौरव इतनी ही देर में उसका हल निकालकर टीचर के पास ले जाते हैं। टीचर हैरान रह जाते हैं कि 7 साल के बच्चे ने 10वीं क्लास का प्रश्न कैसे हल कर दिया! टीचर का नाम था–सियाराम बाबू। सियाराम बाबू सौरव से बहुत प्रभावित हुए। उन्होंने कहा कि वे सौरव के पापा यानी मुझसे मिलना चाहते हैं। उन्होंने कहा कि वे अगली शाम को हमारे घर आएँगे। सौरव की खुशी का ठिकाना न रहा। सियाराम बाबू से मिली सराहना ने सौरव को नए जोश से भर दिया। सौरव के जीवन में जोश भरनेवाली और हमें उसके बारे में नई उम्मीदों से भरने की कई घटनाएँ फिर लगातार घटीं।

एक और घटना मेरे मन को बहुत छूती है। एक बार सौरव की माँ को पेट में दर्द हो गया। यह दर्द बहुत भयंकर था। पूर्णिया लेकर जाना पड़ा। पूर्णिया में डॉक्टर ने उनका ऑपरेशन बता दिया।

डॉक्टर से हमने ऑपरेशन की तारीख ले ली। घर आकर मैंने पूर्णिया की तैयारी कर ली। पाँच दिन बाद ऑपरेशन होना था। मैं तीनों बच्चों को लेकर अस्पताल नहीं जा सकता था, लिहाजा मैंने अपनी सास को बुला लिया। बच्चों के पास अपनी सास को छोड़कर मैं निश्चिंत हो गया। मैं, सौरव की माँ और सौरव तीनों ने पूर्णिया के अस्पताल जाकर एक कमरा लेकर ऑपरेशन की तैयारी शुरू कर दी। सौरव की पढ़ाई वहाँ भी जारी रही। एक दिन मैं जानकीनगर बाजार वापस गया था। सौरव अपने कमरे में पढ़ रहा था। उसकी माँ सो रही थी। तभी डॉक्टर नुज्जत बानू सौरव की माँ का रूटीन चेकअप करने कमरे में आईं। सौरव मेरे दिए हुए सवाल हल करने में लगा था। डॉ. नुज्जत का ध्यान उसपर गया। वे उसके पास खड़ी हो गईं और उससे पूछने लगीं कि इतना मुश्किल सवाल वह क्यों कर रहा है? सौरव ने शरमाते हुए बताया कि वह इतने मुश्किल सवाल ही हल करता है। डॉ. नुज्जत बानू एक बार उसकी उम्र और फिर उस सवाल की कठिनता का तालमेल बनाने की कोशिश करती हैं। डॉ. नुज्जत खुद भी कई सवाल सौरव से पूछती हैं। सबके उत्तर वह दे देता है। डॉ. नुज्जत खुश हो जाती हैं। वो कहती हैं कि तुम मेरे साथ चलो, मैं तुम्हें बाजार घुमाकर लाती हूँ। सौरव अपनी माँ से इजाजत लेकर चला गया। डॉ. नुज्जत ने सौरव को अपने पति डॉ. तारिक से मिलवाया और उसके दिमाग की तारीफ की। दोनों डॉ. दंपती अपनी कार में सौरव को पूर्णिया के बाजार में घुमाने ले गए और दुकान पर ले जाकर उसकी पसंद की मिठाई-चॉकलेट दिलवाई। बाद में वे सौरव को जब उसकी माँ के पास छोड़ते हैं तो उसने अपनी माँ को सारी बातें बताईं। मैं जब जानकीनगर बाजार से पूर्णिया लौटा तो मुझे सब जानकारी मिली। मैं गद्गद हो गया।

अगले दिन डॉ. नुज्जत बानू मेरे कमरे में आती हैं। मैं सौरव को पढ़ा रहा था। डॉ. बानू मुझसे पूछती हैं कि मैं सौरव को क्या बनाना चाहता हूँ? मैं जवाब देता हूँ–एस.पी.। डॉ. बानू कहती हैं कि मुझे सौरव को आई.पी.एस. न बनाकर विज्ञानी बनाना चाहिए, क्योंकि उसका दिमाग विलक्षण है। उन्होंने कहा कि जो भी मदद चाहिए, वह करेंगी। उन्होंने मुझे सलाह दी कि मैं सौरव को लेकर दिल्ली जाऊँ। वहाँ उसे आर.के. पुरम् डी.पी.एस. स्कूल में भर्ती कराऊँ। उस स्कूल में मेधावी बच्चों के लिए दरवाजे हरदम खुले हैं। मैंने उनका उत्साह देखकर कह दिया कि मैं उनके कहे मुताबिक करूँगा।

हम पूर्णिया से वापस जानकीनगर बाजार आ गए। अब मेरी पत्नी कुछ बेहतर महसूस कर रही थी। मैंने अपनी पत्नी से डॉ. बानू की पेशकश पर बात की। मैंने पत्नी को कहा कि डॉ. बानू तो सक्षम हैं, पैसेवाली हैं, इसलिए इन्होंने अपने बच्चों को डी.पी.एस. स्कूल में पढ़ाया, पर दिल्ली जैसे बड़े शहर में बच्चों को पढ़ाने के लिए पैसा चाहिए, जो कि हमारे पास है नहीं। इसलिए हम दिल्ली के बारे में न सोचें तो ठीक है। सौरव को यहीं पढ़-लिखकर नौकरी मिल जाएगी। अगले दिन मैं अपने खेत पर जाने की तैयारी कर रहा था। गेहूँ की फसल कटनी थी। सौरव को भी मैं अपने साथ ले गया। वह खेत में ही बैठकर पढ़ता रहता था। और यह क्रम दस दिनों तक चलता था। मैं सौरव को लेकर साइकिल पर जाता था तो भी रास्ते में पढ़ाया करता था। मैं ईमानदारी और लगन से पूरी तरह से लगकर मेहनत करता था। मुझे दिल में कहीं-न-कहीं यह लगता था कि मेरी मेहनत का फल एक दिन ईश्वर जरूर देंगे। मेरे पास ट्यूशन पढ़ने के लिए बहुत-से विद्यार्थी आते थे। मैं उन्हें साफ मना कर देता था, क्योंकि मैं वह

समय अपने पुत्र को पढ़ाने में ही लगाना चाहता था। दूसरा, अगर मैं जानकीनगर बाजार में रहकर ट्यूशन पढ़ाता तो मैं खेती को कैसे सँभाल पाता? मुझे जब भी समय मिलता, मैं अपने पास सवाल पूछने आनेवाले बच्चों को समय देकर अच्छे से समझा देता।

[illegible] को जिंदगी का गणित समझाने में भी मैं कसर नहीं छोड़ता था। एक बार सौरव अपनी बड़ी बहन के साथ मेले में गया। घर के पास दुर्गा मंदिर के आसपास यह मेला लगा था। सौरव की माँ ने सौरव और प्रीति को 5-5 रुपए दिए थे। दोनों एक अंडेवाले की स्टॉल पर गए। सौरव ने वहाँ अंडा खाया और पैसे देना भूल गया। जब उसे घर आने पर पता चलता है कि उसकी जेब में पाँच रुपए तो वैसे-के-वैसे ही पड़े हैं तो वह परेशान होकर मुझे यह बात बताता है। मैं उसे समझाता हूँ कि अंडेवाला भी एक गरीब आदमी है, अंडे बेचकर वह अपने बच्चों के लिए मेले से खिलौने, मिठाई, कपड़े लेकर जाएगा। उसके पैसे वापस करना जरूरी है। सौरव तुरंत उलटे पाँव लौटकर उस अंडेवाले के पैसे अदा करता है। उस दिन से सौरव यह बात गाँठ बाँध लेता है कि किसी का भी पैसा भूल से भी अपने पास नहीं रखना है।

एक और बात याद आ रही है। एक बार सौरव मेरे साथ गाँव गया। वह दादा-दादी से मिलने घर चला गया। मैंने उसे गणित के कुछ प्रश्न भी दे दिए थे कि मौका मिलने पर वो उन्हें भी करता रहे। मैं खेतों में देखभाल के लिए चला गया था। पढ़ाई करते-करते सौरव की नजर एक पुराने रेडियो पर पड़ी। यह रेडियो काफी दिन से खराब पड़ा था। सौरव ने उस रेडियो को खोलकर उसके सारे पार्ट अलग-अलग कर दिए, फिर उसने सारे पार्ट ठीक से लगा दिए और वह चलने लगा। सौरव खुशी-खुशी उस रेडियो को लेकर दादा जी के पास गया और उन्हें बताया कि रेडियो ठीक हो गया

है। दादा जी ने रेडियो चलाकर देखा और खुश हो गए। सौरव की तकनीकी समझ का यह पहला व्यावहारिक प्रयोग था, जिससे उसे बहुत हौसला मिला। मेरे बाबूजी को अपनी समझ और ज्ञान से मैं तो खुश नहीं कर पाया, पर उनके पोते ने जब अपनी समझ का परिचय दे दिया तो मैं खुश हो गया कि चलो, मेरी तपस्या का फल मेरे पिता ने चख ही लिया।

इस फल का स्वाद घर के लोगों तक तो पहुँच गया था, अब बारी थी कि ये बाहर की दुनिया तक भी पहुँचे। ईश्वर ने इस पुकार को भी सुन ही लिया। एक शाम हम सब खाना-पीना कर रहे थे। थोड़ी देर में जानकीनगर हाई स्कूल के टीचर सियाराम बाबू पहुँच गए। उन्होंने बताया कि जिला स्तर पर बाल विज्ञान प्रतियोगिता होनेवाली है। आठवीं क्लास तक के बच्चों को इसमें भाग लेने की अनुमति है। सियाराम बाबू की दिक्कत यह थी कि उनके स्कूल का कोई भी बच्चा उस प्रतियोगिता में भाग नहीं लेना चाहता था। उन्होंने अनुरोध किया कि सौरव उनके स्कूल की तरफ से इस प्रतियोगिता में भाग ले। मैंने हैरानी जताते हुए कहा कि सौरव तो काफी छोटा है, वह इस प्रतियोगिता में भाग कैसे लेगा? सियाराम बाबू ने मेरी बात को अनसुना करते हुए कहा कि सौरव पर उन्हें पूरा विश्वास है कि वो जीतेगा। उन्होंने मुझसे कहा कि मैं कल सौरव को लेकर स्कूल आ जाऊँ। सियाराम बाबू ने मेरे कान के पास मुँह लाकर फुसफुसाते हुए कहा—मैं आपको बता दूँगा कि सौरव को किस टॉपिक पर प्रयोग करना है। चाय का आखिरी घूँट सुड़ककर सियाराम बाबू उठकर चलने लगे तो मैंने उन्हें छोड़ने जाने का उपक्रम किया। सर ने मना कर दिया और तेजी से निकल गए। उन्हें अपने घर जाने के लिए ट्रेन पकड़नी थी और समय हो गया था। अगले दिन मैं सौरव को लेकर ठीक 10 बजे स्कूल

पहुँच गया। स्कूल में बहुत भीड़-भाड़ थी। मैं सियाराम सर के पास पहुँचा। वो हमारा ही इंतजार कर रहे थे। वे हमें स्टाफ रूम में ले गए। उन्होंने अलमारी खोली। एक फाइल निकाली और उसे पढ़ने लगे। दो मिनट बाद उन्होंने बताया कि सौरव को 'जल की गुणवत्ता' विषय पर विज्ञान का प्रयोग बनाना है। उन्होंने बताया कि यह प्रतियोगिता 24 नवंबर को इसी स्कूल में होनेवाली है। सियाराम सर ने कहा कि जिस किसी भी सामान की जरूरत पड़ेगी, इसे स्कूल उपलब्ध करा देगा। सर से विदा लेकर हम लोग घर आ गए। वापस आते वक्त मैंने सोचा कि जिस विषय पर प्रयोग करना है, उसके लिए जल्दी-से-जल्दी सामग्री चाहिए, क्योंकि प्रतियोगिता में मात्र 2-3 दिन ही बचे थे। सौरव की माँ से मैंने इस बारे में चर्चा की। दरअसल, उनकी बहन के पति यानी सौरव के मौसा एक कॉलेज लैब के इंचार्ज थे। मेरी पत्नी ने अपनी बहन से बात की। उनकी बहन ने मना कर दिया। लेकिन मैं इससे विचलित नहीं हुआ। मैंने सौरव को 'जल की गुणवत्ता' विषय पर पढ़ाने का सिलसिला तेज कर दिया। दूसरी तरफ सौरव के मौसा की ओर से मनाही के बाद मैंने सियाराम सर से स्कूल से सामान दिलाने की प्रार्थना की। उन्होंने तुरंत सामान की व्यवस्था करा दी। सामान को लेकर हम घर वापस आ गए। मैं सौरव को रात-दिन एक करके प्रयोग के बारे में सिखाने लगा। सौरव ने विषय पर जबरदस्त पकड़ बना ली। पहली बार उसने परखनली, बर्नर, कॉक आदि पर काम किया, जो मुझे बहुत अच्छा लगा। एक ही दिन में सौरव को इन चीजों का इस्तेमाल करना आ गया।

सियाराम सर शाम को घर आए और सौरव से उसकी तैयारी के बारे में पूछा। सौरव का आत्मविश्वास देखते ही बनता था। उसने कहा-"सर, पूरी तैयारी है।" सियाराम सर ने प्रतियोगिता

का समय सुबह नौ बजे बताकर विदा ली। उधर मेरी आँखों से निद्रा ने भी विदाई ले ली। रात-भर मैं यही सोचता रहा कि सौरव का यह पहला सार्वजनिक प्रदर्शन है, पता नहीं, वो कैसे यह करेगा! इसी सोच में डूबा सुबह जल्दी उठकर मैं नहा-धोकर तैयार हो गया। सौरव भी तैयार हो गया। दोनों ने मिलकर लैब का सामान पैक किया, जो स्कूल ले जाना था। हम लोग 8:30 बजे तक स्कूल पहुँच गए। स्कूल में अच्छी-खासी भीड़ थी। स्कूल में जाकर सियाराम सर से मुलाकात की। कई स्कूलों के विद्यार्थी वहाँ पर आए हुए थे। सबने अपना-अपना सामान बाहर रख लिया। आठवीं से दसवीं क्लास के उन बच्चों के सामने सौरव बहुत छोटा लग रहा था। उसकी लंबाई कम होने की वजह से ऐसी स्थिति थी। सियाराम सर ने देखा कि सौरव को दिक्कत हो रही है। उन्होंने क्लास के बाहर जाकर दो विद्यार्थियों को एक टेबल देकर भेजा। उन्होंने सौरव से उस टेबल पर खड़े होकर काम करने के लिए कहा। दोपहर 1 बजे प्रतियोगिता खत्म हो गई। अब जिले स्तर के प्रतियोगिता के जो निर्णायक अधिकारी आए थे, उन्होंने शाम 4 बजे प्रतियोगिता के विजयी बच्चों के जब नाम घोषित किए तो सबका मुँह आश्चर्यजनक तरीके से खुला रह गया। इस प्रतियोगिता में सौरव को पहला पुरस्कार मिला। सब इस बात पर हैरान थे कि कद-काठी में इतना छोटा बच्चा बड़ों-बड़ों को कैसे मात दे गया! हालाँकि कद-काठी और बुद्धि की लंबाई-चौड़ाई का कुछ खास संबंध नहीं है। बुद्धि का तो अपना एक अलग ही कद है। खैर, सौरव को प्रथम पुरस्कार के रूप में एक महँगा पेन, ज्योमेट्री बॉक्स और एक सर्टिफिकेट मिला। यह सौरव का पहला पुरस्कार था—उसके जीवन की पहली उपलब्धि। सौरव कितना खुश था, इसका अंदाजा तो उसे देखकर लगाया ही जा सकता था, पर

हमारा पूरा परिवार कितना ज्यादा खुश था, इसका अंदाजा लगाना भी कोई बहुत मुश्किल नहीं था। उसकी एक इसी उपलब्धि ने मुझे अंदर तक एहसास करा दिया कि मेरे मकसद को मेरा बेटा जरूर पूरा करेगा। मैं सौरव को दोगुने उत्साह के साथ पढ़ाने लग गया। कोई भी ऐसा दिन नहीं था, जब सौरव 16 घंटे से कम पढ़ाई करता हो। मैंने भी अपना एक-एक पल उसकी पढ़ाई में लगा दिया। पहले मैं खुद किताब पढ़ता था, फिर मैं उसे सौरव की कॉपी में नोट बनाकर लिखता था, फिर सौरव को समझाता था और उसे याद करने के लिए देता था। सौरव भी जो एक बार पढ़ लेता, उसे दोबारा पढ़ने की जरूरत नहीं पड़ती थी।

मेरी दिनचर्या ने भी सौरव को गजब का पढ़ाकू बनने में अच्छी-खासी भूमिका निभाई थी। मैं 4 बजे उठता–गरमी, सर्दी, बरसात, हमेशा मेरे उठने का समय यही था। सौरव को भी मैं इसी समय उठाता। उठते ही मैं उसे गणित का सवाल देता, ताकि उसे नींद न आए। इससे उसका आलस्य भागता था। सर्दियों के दिनों में काफी ठंड पड़ती थी हमारे इलाके में। मैं अपनी पत्नी के साथ मिलकर लकड़ी की आग जलाकर घर को गरम करता था, ताकि सौरव को सर्दी न लग जाए। सौरव को मैं एक दिन भी बीमार नहीं होने देना चाहता था। उसकी एक दिन की बीमारी का मतलब था–16 घंटे पढ़ाई का नुकसान।

कुछ महीने बाद सियाराम सर घर आए। मैं उस समय सौरव को पढ़ा रहा था। मैंने उनका स्वागत करके उनसे आने का कारण पूछा। सियाराम सर ने बताया कि सौरव को जिला स्तर पर प्रथम आने की वजह से पटना में आयोजित जवाहरलाल नेहरू राज्यस्तरीय बाल विज्ञान प्रदर्शनी के लिए चुना गया है। सौरव को पटना के लिए स्कूल की तरफ से टीचर मिलेंगे, जो पटना आने-जाने का

किराया और खाने-पीने के साथ उसका खयाल रखेंगे। मेरी खुशी का आकाश फैल गया।

मैंने पूछा-"सर, कब जाना होगा पटना?"

सियाराम सर-"कल शाम को आपको जाना होगा। बाकी बातें मैं आपको बता दूँगा।"

सियाराम सर चले गए तो मैंने सौरव की माँ को अंदर जाकर सौरव की नई उपलब्धि के बारे में बताया। सौरव की माँ और भाई-बहन भी काफी खुश हुए। मैंने कहा कि वह सौरव के कपड़े साफ-सुथरे ढंग से धो-धाकर पैक कर दे। सौरव का सामान पैक होता देखकर उसका छोटा भाई गौरव भी जाने के लिए जिद करने लगा। घर से सौरव और उसके छोटे भाई को लेकर, मैं दो किलोमीटर दूर स्टेशन के लिए पैदल निकल पड़ता हूँ। प्लेटफॉर्म पर स्कूल के रामचंद्र सर बैठे मेरा इंतजार करते दिखते हैं। जल्द ही ट्रेन आ गई। सब ट्रेन में बैठ गए। अगले दिन सुबह करीब 7 बजे ट्रेन पटना पहुँची। पटना स्टेशन से कुछ ही दूरी पर सर ने एक होटल में एक कमरा ले लिया। सभी लोग नहा-धोकर 9 बजे तक तैयार हो गए। 10 बजे हमें पटना साइंस कॉलेज पहुँचना था। नाश्ता करके हम लोग रिक्शा से पटना साइंस कॉलेज के लिए निकल लिये। कॉलेज में पहुँचने पर पता चला कि प्रतियोगिता में कड़ा मुकाबला होना है। विद्यार्थियों की बड़ी भीड़ लगी हुई थी। बड़े-बड़े प्रोफेसर बाहर से प्रदर्शनी को देखने आए हुए थे। सौरव को यह नया वातावरण बहुत अच्छा लग रहा था। इतना बड़ा कॉलेज और इतने सारे लोगों को देखकर वह काफी खुश था। सौरव का यह आत्मविश्वास मुझे बहुत भाता था। किसी भी पिता को अपने बेटे में यह बात अच्छी लगती है कि वो जमाने में किसी से भी भय नहीं खाता है। सौरव कभी भी किसी भी नई चीज या व्यक्ति से

नहीं डरता था। दरअसल, डर नाम की किसी चीज को वो जानता ही नहीं था।

रामचंद्र सर हमें बाहर छोड़कर अंदर कॉलेज में जाकर सभी औपचारिकताओं का पता लगाकर आते हैं। वे फिर हमें उस जगह ले जाते हैं, जहाँ सौरव को प्रदर्शन करना था। मैंने और सौरव ने वहाँ पहुँचकर प्रयोग का सारा सामान निकालकर लगा दिया। इसके बाद हम सभी लोग सौरव को उसके सामान के साथ छोड़कर पीछे लगी कुर्सियों पर बैठ गए। सौरव ने अपने प्रयोग पर काम शुरू कर दिया। धीरे-धीरे उसके आसपास लोगों की भीड़ बढ़ने लगी। सौरव के हाथों में एक अलग तरह की चपलता थी। उसके चेहरे पर एक तरह की प्रौढ़ता का भाव था। वह बहुत तन्मय होकर अपनी प्रायोगिक सामग्री के साथ कुछ-न-कुछ कर रहा था। पटना साइंस कॉलेज में उपस्थित जन-समुदाय यह देखकर दंग था कि 'जल' विषय पर एक छोटा-सा बालक कितना उत्कृष्ट प्रयोग करने में जुटा था। चारों तरफ उसके प्रयोग और उसकी कम उम्र की धूम मच गई। उसे देखने के लिए पटना साइंस कॉलेज के प्रोफेसर और विद्यार्थी, दोनों समान भाव से आतुर हो रहे थे। सवालों की बौछारों के सामने सौरव ज्ञान के साथ टिका रहा। उसकी सहजता से उसके बुद्धि-चातुर्य की झलक मिल रही थी। बोकारो से आए एक प्रोफेसर को तो सौरव ने लाजवाब कर दिया। वे सौरव के काम की तारीफ सुनकर उससे मिलने आए। उसकी उम्र देखकर वे चकित हो गए। उन्होंने सौरव से कहा कि वे उससे कुछ सवाल पूछना चाहते हैं? सौरव तो तैयार था ही।

सौरव ने अपनी स्वाभाविक शरमाहट के साथ कहा—''जी सर, पूछिए, मैं उत्तर देने का प्रयास करूँगा।''

प्रो.—'' $99\frac{99}{99}$ कितना होता है?''

सौरव–*(हँसते हुए)* "100 होता है सर।"

प्रो.–"तुम इसे सिद्ध कर सकते हो?"

सौरव–"जी सर।"

और सौरव ने सिद्ध करके दिखा दिया।

प्रो.–"दूसरा सवाल बताओगे?"

सौरव–"जी सर!"

प्रो.–"बताओ, किसी भी संख्या पर पावर शून्य होता है तो क्या उसका मान भी शून्य होता है?"

सौरव–"जी नहीं! उसका मान 1 होता है, सर!"

प्रो.–"क्या तुम इसे सिद्ध कर सकते हो?"

सौरव–"जी सर!"

और सौरव ने मुँहजबानी ही उसे सिद्ध करके प्रो. समेत कई लोगों को आश्चर्यचकित कर दिया।

इसी तरह कई कठिन और बुद्धि-कौशल दिखानेवाली बातें सौरव और कई अन्य प्रोफेसर तथा विद्यार्थियों के बीच चलीं। यह प्रदर्शनी, जो 29 जनवरी, 1997 को तीन दिन के लिए राज्य शिक्षा शोध एवं प्रशिक्षण परिषद्, पटना (बिहार) द्वारा आयोजित की गई थी, ज्ञानवर्धन की एक जीती-जागती मिसाल बन गई। सबकी जुबान पर इस जवाहरलाल नेहरू राज्य स्तरीय बाल-विज्ञान-प्रदर्शनी 1996 का अद्‍भुत प्रयोग 'जल' और प्रयोगकर्ता सौरव का जादू चढ़ गया। सौरव ने फिर पीछे मुड़कर नहीं देखा।

सौरव को पटना साइंस कॉलेज में अनेक पुरस्कार मिले। साथ ही उसे राज्य शिक्षा-शोध एवं प्रशिक्षण-परिषद्, बिहार द्वारा सर्टिफिकेट से भी सम्मानित किया गया। मैंने सौरव को पटना घुमाया और उसे नई-नई किताबें भी खरीदकर दीं। इसके बाद हम उपलब्धियों का ढेर लेकर खुशी-खुशी घर आ गए।

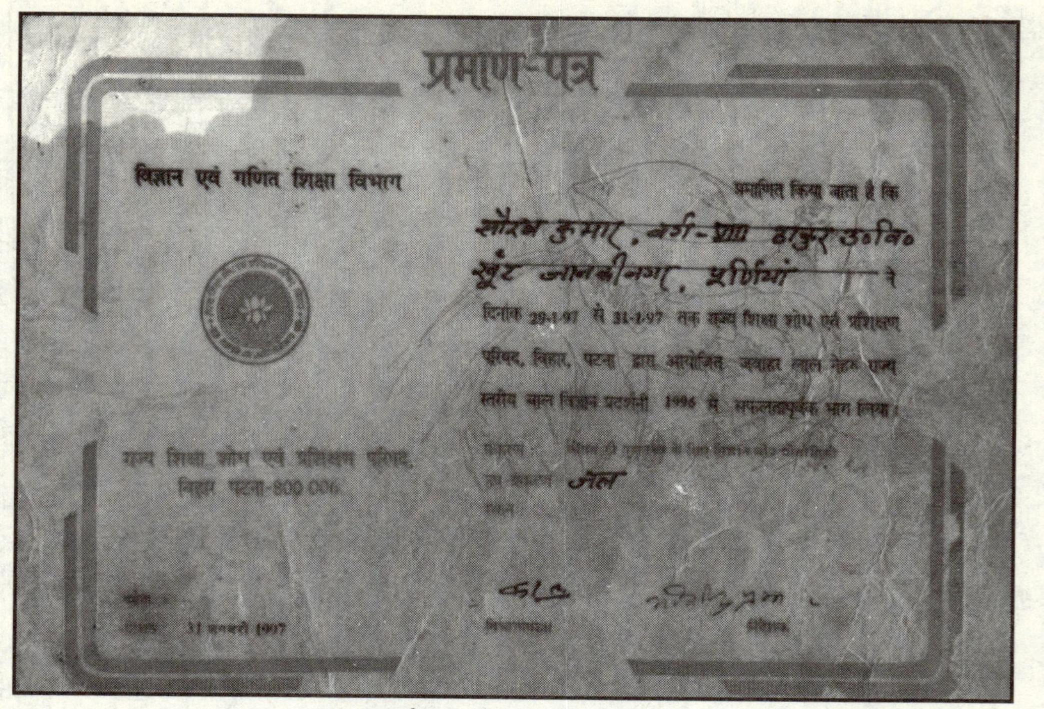

प्रमाण-पत्र

विज्ञान एवं गणित शिक्षा विभाग

प्रमाणित किया जाता है कि

सौरभ कुमार, वर्ग-[illegible] ठाकुर उ०वि० खूंट जानकीनगर, पूर्णियां ने

दिनांक 29-1-97 से 31-1-97 तक राज्य शिक्षा शोध एवं प्रशिक्षण परिषद, बिहार, पटना द्वारा आयोजित जवाहर लाल नेहरू राज्य स्तरीय बाल विज्ञान प्रदर्शनी 1996 में सफलतापूर्वक भाग लिया।

उप प्रकरण जल

राज्य शिक्षा शोध एवं प्रशिक्षण परिषद, बिहार पटना-800 006

दिनांक 31 जनवरी 1997

विभागाध्यक्ष

निदेशक

जल की गुणवत्ता पर पहला प्रमाण-पत्र

सौरव की पढ़ाई का सिलसिला फिर शुरू हो गया। एक दिन सौरव की नानी की बीमारी की खबर सुनकर मैं उन्हें देखने सौरव के ननिहाल चला गया। इधर मेरे पीछे हमारी पड़ोसन किरण ने मेरी पत्नी को बताया कि सौरव के शानदार प्रदर्शन के बारे में पटना साइंस कॉलेज प्रदर्शनी से जुड़ा एक बड़ा समाचार न्यूजपेपर में छपा है। उसने न्यूजपेपर लाकर भी दिखाया। जब मैं वापस जानकीनगर बाजार आया तो पेपर मेरे हाथ लगा। बस अब तो मुझे पक्का यकीन हो गया कि सौरव की बुद्धि और मेरी मेहनत जरूर कुछ बड़ा काम कर दिखाएगी। उसी क्षण मुझे एहसास हुआ कि पूर्णिया की डॉ. नुज्जत बानू की इस बात में दम था कि सौरव को आई.पी.एस. नहीं, वैज्ञानिक बनाना चाहिए।

मेरी आँखों के सामने फ्लैशबैक की तरह सौरव और अपना सफर घूमने लगा। जब सौरव 8 वर्ष का था तो वह 11वीं और 12वीं का गणित और साइंस के सवाल करता था। इसके अलावा, वो खुद भी नए-नए तरह के सवाल बनाता रहता था। कई दफा ऐसा भी होता था कि हर तरह के बन सकनेवाले सवाल हम बना चुके होते और हमारा कोटा खत्म हो जाता। तब मैं सौरव को लेकर आस-पास के शहर के कॉलेज के प्रोफेसर और टीचर के पास जाता था। मैं उनके सामने अपना निवेदन रखता और वे मेरी मदद करते। मुझे कहीं भी अच्छे टीचर या प्रोफेसर के बारे में पता चलता था तो मैं सौरव को लेकर वहाँ पहुँच जाता था। ऐसे ही एक प्रोफेसर श्री लक्ष्मेश्वर बाबू मेरे घर से 12 किलोमीटर दूर मुरलीगंज में रहते थे। गणित के सवालों के मामले में वह हमारे संकटमोचक थे। उनसे मिलने के लिए मैं और सौरव सुबह पाँच बजे स्टेशन पहुँच जाते, क्योंकि इस ट्रेन के छूटने के बाद अगली ट्रेन 10 बजे मिलती थी। और यह जब तक हमें प्रोफेसर साहब के घर पहुँचाती,

तब तक वे कॉलेज के लिए निकल चुके होते थे। खैर, 5 बजे की ट्रेन हमें 5:30 बजे मुरलीगंज पहुँचा देती थी। पर इतनी सुबह जाकर हम प्रो. साहब को परेशान नहीं करना चाहते थे, हालाँकि प्रो. साहब की तरफ से कोई मनाही नहीं थी। पर मैं सौरव को लेकर स्टेशन पर ही बैठता था। एक घंटा हम वहीं पर गणित करते। फिर 6:30 बजे हम प्रो. साहब के पास जाते। जब हम पहुँचते तो प्रो. साहब पूजा कर रहे होते थे। कुछ देर बाद ही प्रो. साहब आते, सौरव को लड्डू खिलाते और पढ़ाना शुरू कर देते।

इसी तरह कई प्रोफेसर के पास हमारा जाना होता था। इसी तरह, एक बार किसी प्रोफेसर ने भागलपुर में एक प्रोफेसर का नाम-नंबर हमें दिया। उन्होंने बताया कि सौरव की पढ़ाई में किसी भी तरह की दिक्कत में वह हमारी मदद करना चाहते हैं। मैंने उनका नंबर और पता लिया और भागलपुर पहुँच गया। लेकिन मैं गलत पते पर पहुँच गया। जहाँ मैं पहुँचा, उनका नाम प्रो. शशिकांत था। पर हम दोनों के परिचय से वे खुश हो गए। वे सौरव के बारे में पहले से जानते थे। उन्होंने हमें बहुत आदर-सत्कार दिया। फिर उन्होंने जिन प्रो. अभय के पास हमें जाना था, उनका सही पता लिखकर दिया। साथ ही उन्होंने उनके एक परिचित इंजीनियर मित्र के लिए एक पत्र दिया और उनके माध्यम से वहाँ जाने के लिए कहा।

प्रो. शशिकांत का पत्र उनकी भावनाओं का सुंदर दस्तावेज है। उन्होंने लिखा–

*"इंजिनियर साहब,*

*नमस्कार!*

*पत्रवाहक ओम प्रकाश यादव मेरे अपने आदमी हैं।*

*ये आपके अपने आदमी हैं।*

*ये हम सभी के अपने आदमी हैं।*

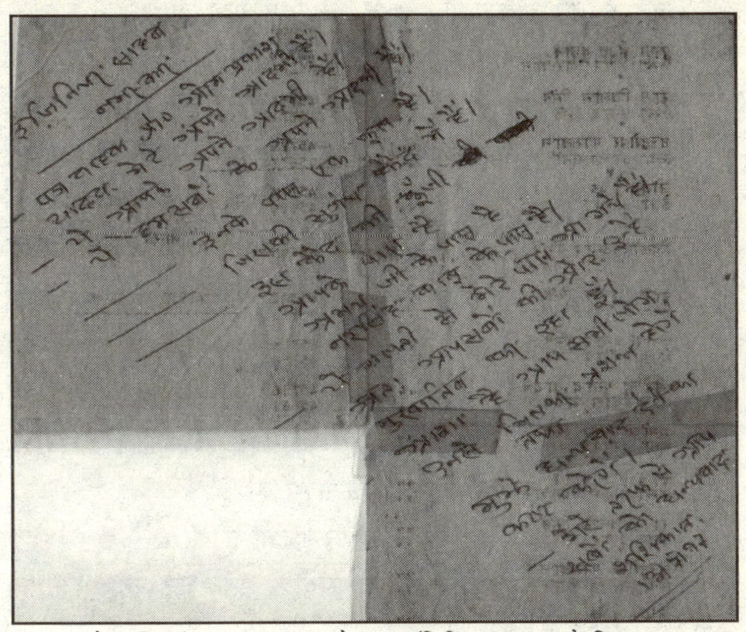

प्रो. शशिकांत द्वारा भागलपुर के एक इंजिनियर साहब को लिखा पत्र

*इनके पास एक फूल है,*
*जिसकी सुगंध कैद में है।*
*इस कैद की कुंजी आपके पास है।*
*अभय जी के पास है।*
*नरसिंह बाबू के पास है।*
*ये गलती से मेरे पास आ गए हैं,*
*अतः आप सबों की ओर इन्हें मुखातिब कर रहा हूँ।*
*आशा है, आप सभी लोग इनसे मिलकर प्रसन्न होंगे।*
*तथा मुझे धन्यवाद देने का कष्ट करेंगे।*
*मेरी तरफ से आप सभी को धन्यवाद!*

*—शशिकांत।"*

(13/7/1997)

जब मैं पत्र लेकर प्रो. अभय के पास गया तो उन्होंने पूछा–

प्रो. अभय–"आप सौरव के पापा हैं?"

मैंने कहा–"जी हाँ, और यह सौरव है।"

प्रो. अभय–"आपके बेटे का काफी नाम सुना है, आइए, अंदर आ जाइए।"

मैं और सौरव अंदर गए। मैंने सौरव को प्रो. अभय के पैर छूकर प्रणाम करने के लिए कहा। सौरव ने प्रो. साहब के पैर छूए। प्रो. साहब ने सौरव को आशीर्वाद दिया। हम दोनों में सौरव को लेकर काफी देर बातचीत हुई। फिर प्रो. अभय ने सौरव से बातचीत शुरू की।

प्रो. अभय–"तुम कौन-सी कक्षा में हो?"

सौरव–"सर, मैं तीसरी कक्षा में पढ़ता हूँ।"

प्रो. अभय–"तुमसे कौन-सा सवाल नहीं बन रहा, दिखाना जरा?"

सौरव–*(किताब सर के आगे करते हुए)* "सर, यह सवाल नहीं बन रहा।"

प्रो. अभय–*(किताब को आश्चर्य से उलटते-पलटते हुए)* "तुम यह किताब पढ़ते हो?"

सौरव–*(थोड़ा शरमाता हुआ और धीमी जुबान में)* "जी सर।"

प्रो. अभय–"कौन-सा सवाल नहीं आ रहा?"

सौरव–"सर, यह पाँचवें नंबरवाला।"

प्रो. अभय–"यह तो लोकस का प्रश्न है।"

प्रो. अभय ने मेरी तरफ घूमकर पूछा, "सौरव यह प्रश्न पूछने आया है?"

मैंने कहा–"जी सर।"

प्रो. अभय–"मुझे तो यकीन नहीं हो रहा कि तीसरी क्लास में

पढ़नेवाला बच्चा मुझसे लोकस का प्रश्न पूछेगा!''

प्रो. अभय ने सौरव को पढ़ाना शुरू किया तो वो सिलसिला कभी नहीं टूटा। हमेशा वह उसके कठिन सवालों को हल करने में मदद करते। इस तरह की कई उम्मीदों में मैं जीता था कि एक दिन मैं अपनी मंजिल पर पहुँच जाऊँगा।

इसी समय-चक्र में दिन बीतते रहे। जनवरी के महीने में मैं आलू की फसल उखाड़ने जाता तो सौरव को भी साथ ले जाता था। वह वहीं पढ़ता रहता था, क्योंकि घर तो शाम को ही जाना होता था। कभी-कभी ऐसा भी होता था कि आलू बोरियों में पैक नहीं हो पाता था तो खेत के एक कोने में ऊपर से प्लास्टिक बाँध देते थे और उसी के नीचे सौरव रात 12 बजे तक पढ़ता था, फिर सोता था। अगले दिन शाम को हम दोनों साइकिल पर बैठकर घर जाते थे।

साइकिल का सफर भी गणित और साइंस की पाठशाला का ही सफर था। जैसे-जैसे साइकिल का चक्का घूमता रहता, गणित के प्रश्नों के भी हल घूमते रहते। गाँव की दूरी खेत जितनी थी, उतनी ही दूरी में विज्ञान की कई खोजों का हम पता लगा लेते थे। कई फॉर्मूले तो गाँव की कच्ची पगडंडी पर ही पक्की तरह से सौरव के दिमाग में बैठे। महीने-दर-महीने यह सिलसिला चलता रहता।

एक बार मैं गाँव गया तो माँ ने कहा कि वे अपनी छोटी बेटी यानी मेरी बहन के साथ दिल्ली घूमने का प्रोग्राम बना रही हैं। उन्होंने कहा कि पीछे से घर की देखभाल और खेतों की रखवाली के लिए मैं अपनी पत्नी और बच्चों को लेकर यहाँ आ जाऊँ। मैंने हामी भर ली। पत्नी से भी मैंने बात कर ली। वह भी तैयार हो गई कि इन 25 दिनों में गेहूँ की फसल की तैयारी भी साथ-साथ हो जाएगी, मुझे बार-बार गाँव नहीं जाना पड़ेगा। अगले ही रोज हम

गाँव पहुँच गए। गाँव में मेरी दोनों बहनें आई हुई थीं–बड़ी और छोटी। उनके पति और बच्चे भी आए हुए थे। सभी लोग दिल्ली जाने के लिए अपना-अपना सामान पैक कर रहे थे। माँ-बाबूजी भी व्यस्त दिख रहे थे। किसी ने मुझसे और मेरे परिवार से बात नहीं की। मैं निराश होकर खेत देखने चला गया। और सौरव को पढ़ने के लिए बैठा दिया। पर जब सौरव को पता चला कि सब लोग दिल्ली जा रहे हैं तो वह जाने की जिद करने लगा। पहले उसने बड़ी बुआ से पूछा, वो गुस्सा करने लगी। फिर सौरव ने दादा-दादी और छोटी बुआ से पूछा। सबने मना कर दिया।

बड़ी बुआ तो गुस्से में फूट ही पड़ी, बोली–"इन सबको कौन ले जाएगा, रास्ते में बार-बार खाने के लिए माँगेंगे?"

सौरव अपनी माँ के पास जाकर बोला–"एक बार दिल्ली दिखा दो, फिर मैं कभी नहीं कहूँगा कि मुझे दिल्ली जाना है।"

माँ ने सौरव को बहलाते हुए कहा, "ठीक है, तुम्हारे पापा आएँगे तो उनसे बात करूँगी। फिर हम लोग दिल्ली घूमने चलेंगे।"

सौरव अपनी माँ की बात सुनकर शांत हो गया और फिर जाकर पढ़ने लगा। कुछ देर बाद वे सभी दिल्ली के लिए रवाना हो गए।

गाँव आने के बाद सौरव को शहर ले जाकर प्रोफेसरों से मिलवाना मुश्किल हो रहा था। हमारे गाँव का स्टेशन अपने आपमें पूरा स्टेशन नहीं है, बस एक हॉल्ट है। नाम है–रूपोली हॉल्ट। उस छोटे-से स्टेशन पर एक-दो दुकानें थीं--पानवाले की, चायवाले की। ट्रेन के आने-जाने का टाइम भी तय नहीं था। पूरे दिन में बस एक-दो ट्रेन आकर रुकती थी। वह भी एक-दो मिनट के लिए। इसलिए मैं और सौरव सुबह 5 बजे जाकर ही ट्रेन के इंतजार में स्टेशन पर बैठ जाते थे। जब ट्रेन आती तो हम किसी तरह चढ़कर

शहर में प्रोफेसरों के पास जाते थे। जहाँ-जहाँ मैं सौरव को पढ़ाने ले जाता था, वहाँ कोई-न-कोई रिश्तेदार रहता था, लेकिन मैं कभी भी किसी के पास नहीं जाता था। सौरव और मुझे भूख लगती तो हम किसी सस्ती दुकान में खा-पी लेते।

मैं सौरव को समझाकर ले जाता था कि तुम्हें जो कुछ भी पूछना है, प्रोफेसर सर से अच्छी तरह समझ लेना, ताकि दो-तीन लेसन पूरे हो सकें। बार-बार आने की मेरी परेशानी सौरव को मालूम थी। कभी-कभी वापसी में जब हम ट्रेन पकड़ने जाते तो पता चलता था कि आज ट्रेन 5 घंटा लेट है या ट्रेन कैंसिल ही हो गई। तब मैं और सौरव, दोनों, मई-जून के महीने में दोपहर के समय रेल की पटरी के रास्ते पैदल 12 किलोमीटर चलकर गाँव पहुँचते थे। धीरे-धीरे जिन कॉलेज के प्रोफेसरों से हम मिलते थे, उन्हें पता चल गया कि सौरव के पास पढ़ाई के लिए पैसे नहीं हैं। तब सभी प्रोफेसरों ने मीटिंग की। इसका मकसद था—सौरव की पढ़ाई के लिए किसी सरकारी या गैर-सरकारी संगठन को मदद के लिए तैयार करना।

इसी का नतीजा था कि एक दिन मधेपुरा के भूपेंद्र नारायण मंडल विश्वविद्यालय के कुछ प्रोफेसरों ने मिलकर एक इंटरव्यू बोर्ड तैयार किया, जिसका उद्देश्य सौरव से प्रश्न पूछकर उसकी बौद्धिक क्षमता का पता लगाना था। यह 15 अप्रैल, 1998 की बात है। सुबह 10 बजे प्रोफेसर और अन्य लोग उपस्थित हुए। इस इंटरव्यू बोर्ड में सौरव के साथ क्या हुआ, वह प्रश्नों के जवाब दे पाया या नहीं, इन सब बातों को जानने के लिए 'हिंदुस्तान' अखबार की 16 अप्रैल, 1998 की यह रिपोर्ट काफी है—

**'तथागत और संभव से आगे निकलने को तैयार है सौरव'**

विश्वविद्यालय-संवाददाता

*मधेपुरा, 15 अप्रैल।* *टेबल की तरफ एक ऊँचे स्टूल पर बैठा*

हिन्दुस्तान

तथागत और संभव से आगे निकलने को तैयार है

समाचार-पत्र में प्रकाशित आर्टिकल

है–एक खूबसूरत और चंचल-सा दिखनेवाला 8-9 वर्ष का बालक। टेबल की दूसरी तरफ हैं–डॉ. आर.के.पी. यादव (स्नातकोत्तर भौतिकी के अध्यक्ष), डॉ. बी.झा. सुमन (विभागाध्यक्ष, स्नातकोत्तर मनोविज्ञान), डॉ. एम.एस. पाठक (उपाचार्य, स्नातकोत्तर गणित विभाग), टी.पी. कॉलेज, डॉ. ए.के वी. तथा प्रो. नई फारूकी (पत्रकार)। इंटरव्यू बोर्ड जैसा वातावरण है। स्थान है–भूपेंद्र नारायण मंडल विश्वविद्यालय के परीक्षा निदेशक का कक्ष।

बच्चे से पूछा जाता है कि किस कक्षा में पढ़ते हो, जवाब मिलता है तीसरी कक्षा में। अप्रत्याशित तौर पर उससे पूछा जाता है कि तुमने ब्लैक होल्स का नाम सुना है। बालक कहता है कि आपका अभिप्राय श्याम छिद्र सिद्धांत से तो नहीं। डॉ. आर.के.पी. यादव के 'हाँ' कहने पर बालक धाराप्रवाह ब्लैक होल्स थ्योरी के बारे में बताने लगता है और अद्यतन जानकारी दे डालता है। फिर बिना किसी मुहलत के डॉ. यादव उससे भौतिकी विषय के स्केलर और वेक्टर

मात्रा गति से आया एमजी के मान में परिवर्तन, थर्मोडायनॉमिक्स, तरंग सिद्धांत और रेडियोधर्मिता के प्रश्न पूछते चले जाते हैं। सारे प्रश्न के उत्तर बालक की जुबान पर हैं अथवा हाथ में थमी हुई कलम में किसी भी प्रश्न का उत्तर इंटर स्तर से ऊपर का है।

रसायन-शास्त्र के प्रोफेसर डॉ. ए.के. यादव रेडियोधर्मिता में अपकर्ष की दर, केमिकल बांडिंग, केमिस्ट्री ऑफ मेटल्स और एरोमेटिक कम्पाउंड्स से प्रश्न करते हैं। वह जवाब देने में तनिक भी देर नहीं लगाता है। रासायनिक समीकरण तक ऐसा लगता है, सामने दीवार पर लिखा हो और वह केवल उसे पढ़ता जा रहा है। उसके सामने सादे कागज रख दिए गए और गणित के प्रो. श्री पाठक अलजेबरा, कैलकुलस और डायनॉमिक्स के प्रश्न उससे पूछते जा रहे हैं। और वह तेजी से कई स्टेप छोड़ता हुआ उसे नई-नई विधियों से हल करके सभी को चकित कर देता है।

यह बालक है, बिहार का दूसरा तथागत-सौरव कुमार, पिता श्री ओम प्रकाश यादव (लघु कृषक)। रहनेवाला है, पूर्णिया जिलांतर्गत जानकीनगर बाजार चोपरा रामनगर ग्राम का। अपनी मेधा के कारण हर वर्ष कई वर्गों को फलाँगता गाँव के देहाती स्कूल में तेजी से आगे बढ़ रहा है। इस बालक को तलाश है, ऐसे संरक्षक की या फिर ऐसी गैर-सरकारी/सरकारी संस्था की, जो इसकी प्रतिभा को बुलंदियों तक पहुँचा सके। इसी तलाश के क्रम में गत माह सौरव के पिता, जो स्वयं भी गणित के छात्र रहे हैं, इसे लेकर मंडल वि.वि. परिसर पहुँचे, ताकि विधानपरिषद् के समक्ष इस छात्र को प्रस्तुत कर इसकी योग्यता से संबंधित प्रमाण-पत्र प्राप्त कर सकें।

पिता श्री ओम प्रकाश यादव ने सौरव से संबंधित कई दिलचस्प बातें बताईं। पिता का कहना है कि बचपन से इसका

शौक चूल्हे के पास माँ के साथ बैठकर आग की तीलियों के साथ खेलना तथा घर के छोटे सामान को खोलना और फिर उसे जोड़ना रहा है।

सौरव जब 6 वर्ष का था तो 8वीं क्लास का गणित करना शुरू कर दिया था और कई बार गणित के कुछ प्रश्नों को हल करने की अपनी विधियाँ खोज निकाली थीं, जिन्हें पहले-पहल शिक्षकों ने गलत तक कह दिया, जिसके कारण सौरव कई बार हतोत्साहित भी हुआ, परंतु स्वयं को बाद में सही पाकर अत्यंत प्रफुल्लित भी हुआ।

भू.ना.मं.वि.वि. के गणित के विभागाध्यक्ष डॉ. एस.एन. मंडल से जब पहली बार सौरव मिला और कुछ प्रश्न पूछने की अनुमति चाही तो डॉ. मंडल को सहसा यकीन नहीं आया कि तीसरी क्लास में पढ़नेवाला लड़का लोकस के प्रश्न उनसे पूछेगा। जब डॉ. एस.एन. मंडल और डॉ. मायाशरण पाठक सौरव द्वारा रखे गए प्रश्न हल कर रहे थे और इस नतीजे पर पहुँच गए थे कि प्रश्न ही गलत है, तब सौरव ने जब उनकी कॉपी पर निगाह डाली तो चिल्ला पड़ा, सर सवाल का हल निकल जाएगा और जहाँ पर डॉ. मंडल ने हिसाब छोड़ा था, वहीं से शुरू करके हल करके दिखा दिया। मधेपुरा में बाबा के नाम से चर्चित गणित के एक अच्छे जानकार माने जानेवाले प्रोफेसर के साथ भी कुछ ऐसा ही हुआ, त्रिकोणमिति के एक प्रश्न पर जब वह अटक गए तो सौरव ने कहा कि सर यदि आर.एच.एस. को छोड़कर एल.एच.एस. की तरफ से बढ़ें तो कट जाएगा। और वास्तव में वैसा ही हुआ भी।

सौरव की प्रतिभा की जानकारी विदेश में उच्च शिक्षा से जुड़े कई भारतीयों (कोसी और पूर्णिया मंडल) को दी गई है।

*उन्हीं में से एक कैलिफोर्निया के विश्वविद्यालय में शिक्षण से जुड़े उजाज अहमद भी हैं। उन्होंने अमेरिका की कई संस्थाओं से इस विलक्षण बुद्धि के छात्र को स्पांसर करने का अनुरोध किया है। सौरव के पिता का यह विश्वास है कि सौरव बिहार ही नहीं, बल्कि भारत का गौरव होगा। आवश्यकता है, उसे केवल अवसर प्रदान करने की।*

जब यह खबर अखबार में छपी तो अनेक गैर-सरकारी संगठनों के पत्र सौरव के यहाँ आने लगे। पटना के कुछ विद्यार्थियों द्वारा 'माध्यमिक शिक्षा-दर्पण' मासिक पत्रिका द्वारा संदेश भेजा जाने लगा और पत्र द्वारा सवाल भी पूछे जाने लगे।

एक निजी संगठन के स्वामी, जो कि सौरव की मदद करना चाहते थे, उनकी यह विज्ञप्ति भी 'हिंदुस्तान' अखबार ने अप्रैल 1998 में निकाली–

**'सौरव की मदद करना चाहता हूँ'**

*प्रतिष्ठित दैनिक हिंदुस्तान में पिछले दिनों सौरव के बारे में समाचार पढ़ा। आगे की पढ़ाई में कुछ वित्तीय संकट का सामना उसे करना पड़ रहा है। ऐसी खबर आपकी रिपोर्ट में है। मैं चाहूँगा कि इस मेधावी छात्र को बिहार एवं देश का नाम रोशन करने का पूरा अवसर मिले और इस रास्ते में रुकावट न आए। 'माध्यमिक शिक्षा-दर्पण' मासिक पत्रिका के माध्यम से मैंने लगातार छात्रों को आगे आने का मौका दिया है। मैं चाहूँगा कि सौरव की आगे आनेवाली पढ़ाई में जो भी खर्च हो (भारतवर्ष के अंदर), उसे वहन करने में उसकी मदद करूँ। अपने समाचार-पत्र के माध्यम से उसके अभिभावकों को मुझ तक पहुँचाने में मदद करें तो मैं आभारी रहूँगा, और मुझे प्रसन्नता होगी। सौरव के अभिभावक की सूचना के लिए मैं अपना पता और फोन नं. नीचे दे रहा हूँ–*

*गणेश खेतड़ीवाला, प्रकाशक एवं संपादक, माध्यमिक शिक्षा-दर्पण, अजंता प्रोडक्ट्स, खजांची रोड, पटना-4*

*फोन : 658168, 656172 (कार्यालय), 674448 (निवास), फैक्स : 672603*

इस प्रकार कई संगठन सौरव की मदद के लिए आगे आने लगे। कई अखबारों ने भी सौरव के बारे में खबरें छापीं, लेख लिखे। जल्द ही सौरव को पूरे बिहार में जाना जाने लगा। एक मजेदार घटना सुनाता हूँ।

एक बार मैं सौरव को लेकर मधेपुरा से जानकीनगर बाजार आ रहा था। ट्रेन में सौरव कुछ पढ़ रहा था। तभी एक टी.टी. आकर सौरव के पास बैठ गए। उन्होंने सौरव से पूछा–

टी.टी.–''बेटा, तुम किस क्लास में पढ़ते हो?''

सौरव–''तीसरी क्लास में।''

टी.टी.–''तुम्हारा नाम क्या है?''

सौरव–''मेरा नाम सौरव है।''

टी.टी.–''तुम्हारा घर कहाँ है?''

सौरव–''जानकीनगर गाँव में।''

ये बातें सुनकर टी.टी. ने सौरव से कहा, "बेटा, तुम्हारे गाँव में एक लड़का है। उसका नाम भी सौरव है। तुम भी बेटा उसी तरह पढ़ाई करो।"

सौरव ने मुस्कराते हुए कहा, "ठीक है।" फिर टीटी सौरव को बॉय-बॉय कहकर चले गए।

अगले दिन मैं सौरव को पढ़ाने के लिए प्रोफेसर साहब के पास शहर नहीं जा सका। मुझे गेहूँ बेचने के लिए बाजार जाना था। हाथ भी बिल्कुल खाली था। मेरा मन भी काफी खराब था। अनाज का भाव गिर चुका था। अकेले मैं क्या करता, कुछ दिन पहले मेरे

छोटे साले ने आकर मुझसे जबरदस्ती गेहूँ की फसल ज्यादा करके खेत में लगवा दी थी। उसने मुझे भरोसा दिलाया था कि वो अपना ट्रैक्टर लेकर अप्रैल में आकर सारे गेहूँ को काटने की तैयारी कर देगा, लेकिन वह आया नहीं। गेहूँ खेत में पककर ही कुछ तो गिर गया और बाकी भी काफी हद तक उसके इंतजार में बर्बाद हो गया। मैं बाजार जाने से पहले सौरव को याद करने का सारा काम दे आया, ताकि उसका पूरा दिन पढ़ाई में ठीक से बीत सके।

एक दिन दोपहर की बेला थी। सौरव दरवाजे पर खेल रहा था। तभी एक आदमी रिक्शा से घर पर आया। उसने पूछा कि सौरव का घर कौन-सा है। सौरव ने उसे बताया कि यही घर है। वह आदमी बोला–"जाओ बेटा, मम्मी-पापा को बुला लाओ।" सौरव भागता हुआ मम्मी के पास जाता है और बताता है कि दरवाजे पर कोई बुला रहा है। सौरव की मम्मी जाती है तो उसे दरवाजे पर काले रंग का बैग पकड़े खड़ा एक आदमी दिखता है। सौरव की मम्मी को हाथ जोड़कर नमस्ते करता है। वह आदमी बताता है कि उसका नाम जितेंद्र है और वह पटना से आया है। उसे सुलभ इंटरनेशनल संस्था ने भेजा था। उसकी दिलचस्पी सौरव को लेकर थी। यह शायद एक नया अध्याय जुड़ने जा रहा था।

सौरव की माँ–"अंदर आकर बैठिए।"

जितेंद्र अंदर आकर बैठता है। वह सौरव की माँ से कहता है, "सौरव को बुला दीजिए, मैं देखना चाहता हूँ। मैंने भी उसके बारे में काफी सुना है। आज मिलने का मौका मिल रहा है।"

माँ–"यही तो सौरव है, जो आपके पास खड़ा है।"

जितेंद्र–"यह सौरव है?" *(आश्चर्यपूर्वक देखता है)*

माँ–"आप लोग बैठिए, कुछ बातें कीजिए, मैं अभी आती हूँ।"

जितेंद्र सौरव से कुछ सवाल पूछने लगता है। तभी सौरव की मम्मी चाय ले आती है। उसे पीने के लिए देती है।

जितेंद्र–''सौरव के पापा नहीं हैं।''

माँ–''नहीं, वह बाजार गए हैं, शाम तक आ जाएँगे।''

जितेंद्र–''शाम तक मैं नहीं रुक सकता हूँ, क्योंकि मुझे आज ही पटना निकलना है। मुझे यह रिपोर्ट कल तक देना है। आपको मैं सारी बातें बता देता हूँ, आप सौरव के पापा को कह दीजिएगा। बहुत ही जरूरी है।''

माँ–''ठीक है, आप बता दीजिए, मैं सौरव के पापा को शाम को ही बता दूँगी।''

जितेंद्र–''मैं पटना से आया हूँ, मुझे सुलभ इंटरनेशनल संस्था ने भेजा है, जो कि इस तरह के होनहार बच्चों की पढ़ाई में मदद करती है। इसके संस्थापक डॉ. विन्देश्वर पाठक हैं। वह सौरव को अपने संरक्षण में रखकर पढ़ाई करवाना चाहते हैं। और यह चिट्ठी भी उन्होंने भेजी है। सौरव के पापा को दे दीजिएगा। और पाठक जी ने आप लोगों को पटना बुलाया है। आप लोग जरूर आकर पाठक सर से मिल लीजिएगा। मैं चलता हूँ।''

माँ–''नहीं, बिना खाना खाए जा रहे हैं? आप बस दो मिनट बैठिए, मैं खाना लाकर देती हूँ।''

जितेंद्र–''नहीं, आज रहने दीजिए, किसी और दिन मौका लगा तो खाना जरूर खा लूँगा।''

माँ–''नहीं, बस थोड़ा खा लीजिए।''

सौरव की माँ सौरव से कहकर टेबल पर पानी लगवाती है और वह तेजी से जाकर खाना परोसकर लाती है। फिर जितेंद्र खाना खाता है और जाने की आज्ञा लेकर चला जाता है।

रात को मैं करीब 8 बजे घर लौटता हूँ। देखता हूँ, सौरव

लालटेन में पढ़ रहा था। उसकी माँ भी साथ में ही थी। मुझे जोरों की भूख लगी थी, मैं खाने की माँग करता हुआ जल्दी से हाथ-पैर धोकर बैठ जाता हूँ। सौरव की माँ बताती है कि पटना से डॉ. विन्देश्वर पाठक, जो कि सुलभ इंटरनेशनल के संस्थापक हैं, की तरफ से दोपहर में एक आदमी घर पर आया था। खाना खाकर मैं उनकी भेजी चिट्ठी खोलकर पढ़ता हूँ। यह डॉ. पाठक से मिलने का न्योता था। उन्होंने 23 मई की सुबह 10 बजे हमें मिलने के लिए पटना बुलाया था। मैंने सौरव की माँ की राय माँगी तो वह बोली कि चलो, चलकर देख लेते हैं। आखिर डॉ. पाठक सौरव की पढ़ाई में मदद करना चाहते हैं। लेकिन अबकी बार समस्या विकट थी। बात पटना जाने की नहीं थी, बल्कि सौरव के मामा की शादी की भी थी। उसकी शादी 22 मई को थी। मुझे लगा कि अगर हम इस शादी में नहीं गए तो सब लोग बुरा मान जाएँगे। मेरी पत्नी ने बीच का रास्ता निकाला। उसने कहा कि वह अपने भाई के यहाँ पहले दिन जाकर सुबह ही सारी बात कर लेगी। उससे उम्मीद बँधी कि शायद कोई न्यायसंगत रास्ता निकल जाएगा।

मुसीबत कई मोर्चों पर सामने आ खड़ी हुई थी। मेरे हाथ बिल्कुल खाली थे। एक फूटी कौड़ी भी मेरे पास नहीं थी। अपने साले की शादी में खाली हाथ जाना कितना मुश्किल था। मैंने खूब सोच-विचार और हिम्मत करके बाबूजी से पैसे माँगने का फैसला किया। बाबूजी सो रहे थे। मैंने अगले दिन पर बात टाल दी। सुबह जल्दी नींद टूट गई। मैंने सौरव को भी जल्दी उठा दिया, ताकि वो भी पढ़ सके। मैंने बाबूजी से सौरव को पटना ले जाने की बात बताई। बाबूजी से मेरे संवाद के अवसर वैसे तो बहुत कम ही आते थे और जो एकाध आते भी थे तो उनमें मुझे घोर निराशा ही हाथ लगती थी।

बाबूजी–"हुं! तो पटना जाना चाहते हो, ठीक है जाओ।"

मैं–"बाबूजी, जाने के लिए कुछ पैसे दे देते।"

बाबूजी–"नहीं। मेरे पास पैसे-वैसे नहीं हैं।"

मैं–"आप थोड़े-से पैसे दे दीजिए, मैं पटना से आने के बाद, जिसको गेहूँ दिया है, उससे लाकर दे दूँगा।"

बाबूजी–"जाओ मेरे पास से, पैसे मैं नहीं दूँगा।"

मुझे गुस्सा आ जाता है। वैसे तो मैं बहुत सब्र करता रहा, पर अब मैं यह देखकर परेशान हो गया कि मेरे बेटे की जिंदगी में आगे बढ़ने का अवसर है और फिर भी मेरी मदद न करके ये मुझे दुतकार रहे हैं। मैं गुस्से में तमतमाया गेहूँ वाले के पास जाता हूँ। कुछ कह-सुनकर कुछ पैसे का इंतजाम करता हूँ। फिर इस व्यवस्था से मैं अपने परिवार के साथ ससुराल पहुँचता हूँ। वहाँ जाकर मैं सौरव की अगले दिन की मुलाकात के बारे में बताकर उनसे इजाजत माँगता हूँ तो वे सब नाराज हो जाते हैं। सब उलटा-सीधा बोलने लगते हैं। जिस छोटे साले की शादी थी, उसे भी वे भड़काकर मेरे खिलाफ खड़ा कर देते हैं। किसी तरह मेरी सास बीच-बचाव करती हैं और मुझे पटना जाने के लिए कह देती हैं। वह यह हल निकालती हैं कि जब बरात जाएगी तो शाम को हम लोग भी सौरव को साथ लेकर निकल जाएँ। वे लोग रास्ते में हमें मानसी स्टेशन पर उतार देंगे, ऐसा तय हुआ। वहीं से हमें रात को पटना के लिए ट्रेन पकड़नी थी।

मेरे सामने कोई और चारा नहीं था। बड़ी जिल्लत के बाद मुझे एक आशा की किरण दिखी थी। सौरव की नानी ने एक कृपा और की। मेरे तीन और बच्चों को उन्होंने अपने पास रख लिया। मैं, सौरव और उसकी माँ बरात के साथ चल पड़े। रास्ते में किसी ने भी हमसे बात नहीं की और गुस्से में भरे रहे। रात को

8 बजे के करीब उन लोगों ने हमें मानसी स्टेशन पर उतार दिया। स्टेशन काफी सुनसान नजर आ रहा था। चंद रोज पहले ही वहाँ कुछ गुंडों ने यात्रियों के साथ छीना-झपटी भी की थी। और यह कुख्यात इलाका था, जहाँ मारपीट, खून-खराबा आम बात थी। इस वजह से मन में डर भी लग रहा था। पर किसी तरह हिम्मत बाँध कर हम स्टेशन पर चार घंटे तक बैठे रहे। स्टेशन पर एक कोने में लालटेन जल रही थी। सौरव अपनी माँ की गोदी में सो चुका था। रात 12:30 बजे ट्रेन आई। जल्दी से हम उसमें चढ़ गए। अगली सुबह पटना पहुँचे। स्टेशन पर उतरकर एक रिक्शेवाले से सुलभ ऑफिस का पता पूछा तो उसने बताया कि 5 रुपए प्रति व्यक्ति भाड़ा लगेगा। उसने हमें सुलभ के ऑफिस के बाहर उतार दिया। मैंने गेटकीपर को वह चिट्ठी दिखाई, जो सुलभ का आदमी देकर गया था। मैंने उसे बताया कि हमें बुलाया गया है। गेटकीपर ने चिट्ठी देखी और कहा कि आप लोगों को इंतजार करना पड़ेगा। ऑफिस तो 10 बजे खुलेगा। आप तभी आएँगे तो बात बनेगी। हम 10 बजे आने को कहकर चले आए। मैंने पास में ही एक सस्ती धर्मशाला ढूँढ़ी और कुछ देर वहाँ ठहर गए। वहाँ से हम 10 बजे के हिसाब से निकले।

गेटकीपर हमें ऑफिस के भीतर ले गया। वह हमें एक सोफे पर बिठवाकर अंदर गया। उसने किसी से कुछ बातें कीं। वह फिर किसी को लेकर बाहर आया। जो सर बाहर आए, उन्होंने मेरे पास आकर कहा–"मेरा नाम चुनचुन झा है। आप लोग मेरे साथ आइए।" हम उनके साथ चल पड़े।

चुनचुन झा–"बैठिए आप लोग! आप लोगों को आने में कोई परेशानी तो नहीं हुई?"

मैं–"नहीं, कोई परेशानी नहीं हुई।"

चुनचुन झा–"अभी बस थोड़ी देर में साहब आ जाएँगे। फिर मैं आप लोगों से मिलता हूँ। तब तक आप लोग चाय-नाश्ता करिए।" कुछ देर तक चुनचुन झा और हम लोगों में सौरव को लेकर बातें चलती रहीं कि किसी ने आकर चुनचुन सर से कहा कि साहब आ गए हैं और बुला रहे हैं।

चुनचुन झा–"मैं अभी आ रहा हूँ।"

चुनचुन झा उठकर चले जाते हैं। फिर कुछ ही मिनटों में हमें बुलाने आ जाते हैं। हम लोग उनके साथ अंदर जाते हैं, वहाँ अंदर डॉ. पाठक बैठे हैं, एक कुर्सी पर। एक-दो आदमी उनके आसपास खड़े हैं। हम तीनों ने जाकर उनके पैर छूकर उन्हें प्रणाम किया। वह हमारी उम्र से काफी बड़े थे। दिखने में एक सज्जन पुरुष की तरह और आवाज बिल्कुल धीमी और मीठी बोली।

डॉ. पाठक–"बैठिए। और बताइए, सब ठीक है न!"

मैं–"हाँ सर, सब ठीक हैं।"

डॉ. पाठक–"अपने बारे में कुछ बताइए।"

मैं–"सर, मैं तो एक छोटा किसान हूँ, मेरे चार बच्चे हैं। किसी तरह खेती से गुजारा चल जाता है और सौरव को किसी तरह पढ़ाना चाहता हूँ, ताकि मेरा सपना पूरा हो जाए।"

डॉ. पाठक–"ठीक है। सौरव को पढ़ाने में जो भी आर्थिक समस्या आती है, मैं उसे दूर करूँगा।"

मैं–"ठीक है, सर।"

डॉ. पाठक–"ये मेरा फोन नंबर है। अगर किसी भी तरह की परेशानी आप लोगों को सौरव को लेकर आए तो मुझे फोन कीजिएगा, मैं कुछ दिनों के लिए दिल्ली जा रहा हूँ। अगले महीने आऊँगा। मुझसे मिलना है तो आप अगले महीने फोन करके आ जाइएगा।"

मैं–"ठीक है सर, बस हम लोग चलते हैं, प्रणाम।"

जैसे ही जाने को उठते हैं कि डॉ. पाठक हमें एक सादे लिफाफे में कुछ देते हैं।

मैंने पूछा–"सर, यह क्या है?"

डॉ. पाठक–"यह सौरव के लिए। आप इससे कॉपी, किताब जो भी चीजें सौरव को चाहिए, खरीद दीजिएगा।"

फिर... हम तीनों सड़क पार करके एक ऑटोवाले के पास गए। उसे हमने पता दिखाया तो वह चलने के लिए तैयार हो गया। ऑटो जहाँ रुका, वहीं सामने बोर्ड था–गणेश खेतड़ीवाला। दरवाजे पर पहुँचकर मैंने घंटी बजाई, दरवाजा खुला और एक सज्जन निकले।

आदमी–"हाँ बताइए, क्या बात है?"

मैं–"गणेश खेतड़ीवाला का घर यही है?"

आदमी–"हाँ, यही है, लेकिन आप कौन हैं?"

मैं–"हम लोग जानकीनगर गाँव से आए हैं, सौरव के पिता हैं।"

आदमी–"तो आप सर से मिलने आए हैं?"

मैं–"हाँ।"

आदमी–"ठीक है, एक मिनट रुकिए, मैं मैडम को बुलाकर लाता हूँ।"

मैं–"ठीक है, आप जाकर मैडम को बुला लाइए।"

वह अंदर जाकर सर और मैडम को बुलाकर लाता है। दोनों देखने से काफी पैसेवाले लग रहे थे। जब उन दोनों की निगाहें हम पर पड़ीं तो वे काफी खुश हुए।

गणेश खेतड़ीवाला–"यही सौरव है?"

मैं–"जी, मैं सौरव का पापा और ये सौरव की माँ।"

गणेश खेतड़ीवाला–"अंदर आइए आप लोग।"

जब मैं अंदर गया तो देखा, उनका घर इतना बड़ा है, घर कीमती सामान, खिलौने, हर चीज से सजा हुआ है।

गणेश खेतड़ीवाला--"यहाँ पर बैठिए आप लोग।"

वे एक सोफे पर हमें बैठाते हैं। उनके इर्द-गिर्द तीन-चार नौकर खड़े हुए थे।

गणेश खेतड़ीवाला–*(नौकर से)* "जाकर खाने-पीने का इंतजाम करो।"

नौकर–"जी सर!"

गणेश खेतड़ीवाला और मैडम दोनों सौरव को बस देखते रहे कुछ देर तक और मन-ही-मन खुश हो रहे थे। थोड़ी ही देर में टेबल पर अनेक प्रकार के जूस, बिस्कुट, नाश्ता, चाय लग गए।

गणेश खेतड़ीवाला–"सौरव, तुमको जो पसंद है, वह बोलो, अभी लाकर देता हूँ।"

सौरव–"मुझे मिठाई बहुत पसंद है।"

मैडम–*(नौकर से)* "सौरव को मिठाई लाकर दो।"

नौकर–"जी मैडम, अभी लेकर आता हूँ।"

जब मैं और सौरव की माँ दोनों सर और मैडम से बात कर रहे थे तो वहाँ से सौरव उठकर गणेश खेतड़ीवाला के घर रखे खिलौनों को छूने लगता है। सौरव की माँ ने सौरव को खिलौने छूने से मना किया।

मैडम–"नहीं, उसे कुछ मत कहिए, उसे खेलने दीजिए।"

... ... ...

मैडम–*(सौरव से)* "बेटा, तुम्हें जो भी खिलौना पसंद है, उसे ले लो।"

सौरव की माँ–"नहीं मैडम, यह खिलौना तोड़ देगा, रहने दीजिए।"

सौरव की माँ ने सौरव को इशारा किया यहाँ आकर बैठने का। फिर सौरव वहाँ आकर बैठ जाता है।

गणेश खेतड़ीवाला–''हम लोगों के पास पैसे की कमी नहीं है। मेरा एक बेटा है, जो मुंबई में रहता है, उसे मैं वहीं पढ़ाता हूँ, लेकिन उसका मन पढ़ने में लगता ही नहीं है। इसलिए मैं चाहता हूँ कि मेरे पास जो पैसा है, उससे उस बच्चे को पढ़ाऊँ, जो बच्चा पढ़ना चाहता है। इसलिए मैं सौरव को पढ़ाना चाहता हूँ। सौरव भारतवर्ष के अंदर जहाँ भी पढ़ना चाहे, मैं पढ़ाने में मदद के लिए तैयार हूँ।''

मैं–''ठीक है मैडम, जैसे ही कुछ विचार बनेगा, मैं आप लोगों को बता दूँगा।''

गणेश खेतड़ीवाला–''आप लोग आज रुक जाइए। मेरे पास एस.पी. कुणाल साहब का फोन आया था। उन्होंने कहा है कि अगर सौरव आप लोगों के पास आए तो मुझे जरूर फोन कीजिएगा, मुझे भी मिलना है। एस.पी. कुणाल अभी पटना के आई.पी.एस. ऑफिसर हैं।''

मैं–''मैडम, अब तो शाम होनेवाली है। सौरव का 5 बजे टीवी पर इंटरव्यू होनेवाला है। इसलिए हम लोगों को दूरदर्शन वालों ने बुलाया है। अगर और किसी दिन टाइम मिलेगा तो हम उनसे जरूर मिलेंगे। उनसे मेरा प्रणाम कहिएगा।''

दूरदर्शन के लोग अपनी गाड़ी से हमें स्टेशन तक छोड़ देते हैं। ट्रेन पकड़कर हम लोग अगले दिन घर आ जाते हैं। अगले दिन से वही पुराना रूटीन शुरू हो जाता है। दूसरे दिन जब मैं सौरव को लेकर मधेपुरा में प्रोफेसर के पास जाता हूँ तो सभी प्रोफेसर पटना की यात्रा के बारे में पूछने लगते हैं। सभी प्रोफेसर अपनी-अपनी राय देते हैं। ज्यादातर की राय यही थी कि सौरव को पढ़ाई के

तार : "दूरदर्शन"
Telegram : "DOORDARSHAN"

भारत सरकार
**Government of India**

# दूरदर्शन केन्द्र
# DOORDARSHAN KENDRA

भाषण/साक्षात्कार/परिचर्चा/लघु कथा
Speech/Interview/Discussion/Short Story

दूरदर्शन-प्रायोजन-1
(अनुच्छेद 4. 10. 8 और 4. 10. 9 देखए)
D.D.—P—1
(See Paragraph 4. 10. 8 & 4. 10. 9)

सेवा में,
To,

सौरभ कुमार,
पेपी- ओम प्रकाश,
थाना- जानकी नगर, जिला- पूर्णिया ।

सं0-डी.डी.के./पैट/59/98-99
28.05.98

Dear Sir/Madam,

[illegible]

We shall be pleased to Telecast your talk (s) short story on the subject, date and time detailed below upon the conditions printed overleaf. We shall be obliged if you could kindly sign and return the attached confirmation sheet not later than :

| | |
|---|---|
| *शीर्षक *Title | कार्यक्रम "नन्हें-मुन्ने" में गणितज्ञ के रूप में भाग लेने हेतु । |
| तारीख (तारीखें) Date (s) | रि0 तिथि- 31.05.98 पु0 तिथि- 03.06.98 |
| टेलीकास्ट का समय Time of Telecast | 06.00 बजे शाम |
| अवधि Duration | 30 मिनट |
| टेलीकास्ट का स्थान Place of Telecast | दूरदर्शन केन्द्र, पटना |
| शुल्क रु० Fee Rs. | रू0 300/- (तीन सौ रूपये मात्र) |
| अनुवर्ती टेलीकास्ट शुल्क Subsequent Telecast Fee | |

[इस पत्र के पीछे छपी शर्तों के खण्ड 4 (क)/ 4 (ख) के अध्यधीन ।]
(Subject to Claused 4 (a)/4(b) of conditions printed over leaf.)

[illegible]

We would particularly ask you to assist us by complying with the condition that the manuscript of the talk/short story be in the hands of the Director not less than 10 days before the date fixed for the telecast. The normal routine of the Station is seriously hampered if this condition is not observed.

स्टैम्प शुल्क सरकार द्वारा वहन किया जायेगा।
The Stamp duty will be borne by the government.

28/5/98

भवदीय
Yours faithfully
[signature]
कृते निदेशक
For Director
भारत के राष्ट्रपति के लिए और उनकी ओर से।
For and on behalf of the President of India

*लघु कथा के मामले में लेखक उसका शीर्षक भरें।
*Incase of Short Story the title of the Short Story will be filled in by the author.

पटना दूरदर्शन केंद्र द्वारा साक्षात्कार के लिए पत्र

लिए दिल्ली भेजना ठीक रहेगा। वहाँ इसे पढ़ाई की हर सुविधा मिलेगी। रात को घर आकर मैं यही सोचते-सोचते न जाने कब सो गया। रातभर दिमाग में बातें चलती रहीं। प्रोफेसरों का कहना था कि सौरव यहाँ पर हिंदी मीडियम से पढ़ा है, दिल्ली जाकर इंग्लिश मीडियम में पढ़ेगा तो अँगरेजी भी सीख जाएगा। सौरव की माँ से विचार-विमर्श करने के बाद मैंने सुलभ इंटरनेशनल संस्था को सौरव की पढ़ाई के लिए चुना। हमें डॉ. पाठक ने बताया था कि वे अगले महीने पटना जाएँगे, तभी हम जाकर उनसे बात करेंगे। तब तक सौरव की यहाँ पढ़ाई चलने देनी है। अगले महीने डॉ. पाठक से मुलाकात के बाद फिर आगे की प्लानिंग करेंगे। सौरव की पढ़ाई फिर पुराने अंदाज में शुरू हो गई थी। एक दिन देखा कि पटना से गणेश खेतड़ीवाला ने सौरव के लिए 3 बोरा किताब और कॉपी पढ़ने-लिखने के लिए भेज दी। साथ में एक चिट्ठी भी थी कि अगर सौरव को कुछ और भी चाहिए तो वह अजंता प्रकाशन में फोन कर दे। अजंता प्रकाशन गणेश जी का ही था।

अगले महीने मैंने डॉ. पाठक को फोन किया तो पता चला कि वे परसों पटना पहुँच रहे हैं। उन्होंने मुझे पटना आने के लिए कहा। मैंने अगले दिन शाम की ट्रेन से पटना जाने का प्रोग्राम बनाया। मैं सुबह 5 बजे सौरव को लेकर मधेपुरा में प्रोफेसर साहब के यहाँ पढ़ाने के लिए चला गया, ताकि हम लोग शाम की ट्रेन पकड़कर पटना पहुँच जाएँ। मेरे साथ सौरव की माँ भी अपनी बहन के पास थोड़ी देर रुकने के लिए चली आई। दोपहर में मैं जाकर शाम की ट्रेन का पटना का टिकट लेकर आ गया। फिर सौरव की माँ को लेने के लिए उसकी बहन के घर गया। वहाँ मुझे मेरे साढ़ू मिल गए। वो एक प्रोफेसर थे, धन-धान्य से भरपूर थे। इसलिए वो मुझसे कभी सीधे मुँह बात नहीं करते थे। मैं भी वहाँ जाने से

बचना चाहता था। पर उनकी पत्नी यानी सौरव की मौसी अच्छे स्वभाव की थी। उसकी वजह से मैं और सौरव की माँ उसके यहाँ चले जाते थे। वह कभी-कभी बीच में हमारी मदद भी करती रहती थी। खैर, मैं उस दिन गया और जल्दी ही सौरव की माँ को लेकर लौट गया, क्योंकि पटना के लिए ट्रेन भी पकड़नी थी। पहले हम दोनों मधेपुरा गए, जहाँ सौरव एक प्रोफेसर के पास पढ़ रहा था। वहाँ से सौरव को लेकर हम स्टेशन चले गए। ट्रेन सही समय पर थी। अगले दिन 7 बजे हम पटना पहुँच जाते हैं।

मुझे पता था कि सुलभ का ऑफिस तो 10 बजे खुलेगा। तब तक हम लोग एक धर्मशाला में रुक गए। सौरव वहीं बैठकर पढ़ने लग गया। 9 बजे हम निकले, ताकि रास्ते में कुछ नाश्ता-पानी लेकर सुलभ के ऑफिस में पहुँच जाएँ। हम ऑफिस पहुँचते हैं। पहले चुनचुन झा सर से मिलते हैं। वे कहते हैं कि सर आपके बारे में पूछ रहे थे, जल्दी सर से मिल लीजिए, वरना वे निकल जाएँगे। वे हम तीनों को लेकर पाठक जी के कमरे में जाते हैं। वहाँ वे कुछ लोगों से बात कर रहे थे। उन्होंने हमें बिठाया। अंदर के लोगों को बाहर इंतजार करने को कहा।

फिर पाठक जी ने हमसे पूछा—

पाठक जी—"हाँ, तो बताइए, आपने सौरव की पढ़ाई के बारे में क्या सोचा?"

मैं—"सर, मैं सौरव को दिल्ली में पढ़ाना चाहता हूँ, ताकि उसे पढ़ाई का एक अच्छा माहौल मिल जाए।"

पाठक जी—"आप जब भी दिल्ली आना चाहें, सौरव को लेकर आ सकते हैं। वहाँ किसी भी तरह की दिक्कत नहीं होगी।"

मैं—"ठीक है सर, मैं कुछ ही दिनों में सौरव को लेकर दिल्ली आ जाऊँगा।"

पाठक जी—"यह कार्ड अपने पास रखिए, इसमें दिल्ली के

ऑफिस का पता तथा फोन नंबर भी लिखा है। मेरा भी नंबर आपके पास है। जब भी दिल्ली आइएगा, फोन जरूर कर लीजिएगा।''

मैं–''ठीक है सर, हम लोग कुछ ही दिनों में दिल्ली आ जाएँगे।''

पाठक जी–''आपको दिल्ली आने में किसी भी प्रकार की दिक्कत आती है तो आप हमें जरूर फोन कीजिएगा।''

फिर हम लोग वहाँ से निकलकर एक किताब की दुकान पर गए, जहाँ सौरव के लिए कुछ किताबें लेनी थीं।

मैं–*(दुकानदार से)* ''जरा बी.ए. की मैथ की किताब दिखाना।''

दुकानदार–''सर, कौन-से राइटर की दिखाऊँ?''

मैं–''आर.के. सिन्हा और लालजी प्रसाद की।''

दुकानदार–''हाँ सर, अभी दिखाता हूँ।''

जब मैं मैथ की किताब देखने लगा तो सौरव ने दुकानदार से कहा–''मुझे वह किताब दिखाएँ।''

दुकानदार–''बेटा, अभी तुम काफी छोटे हो, तुम जब बड़ी क्लास में जाओ, तब यह किताब पढ़ना।''

तब सौरव कुछ नहीं बोलता है और चुपचाप टेबल पर बैठ जाता है और मेरे पास रखी एक और गणित की किताब उठाकर देखने लगता है। एक पेज खोलकर वह उसमें से एक सवाल मुझसे पूछने लगता है। अब दुकानदार बड़ा हैरान होता है। उसे लगता है कि इतना छोटा बच्चा इतनी बड़ी किताब में से सवाल पूछने की समझ रखता है, यह कैसे संभव है!

दुकानदार पूछता है कि यह किताब कौन पढ़ेगा?

सौरव की माँ कहती है कि यह किताब हम इसी बच्चे के लिए खरीद रहे हैं। यह सुनकर दुकानदार बिल्कुल झेंप जाता है।

बस अचरज से वो सौरव को देखता रहता है। फिर जब हम जाने लगते हैं तो वह सौरव को गिफ्ट में एक किताब देता है।

पटना से गाँव लौटकर आते ही मैंने तय किया कि अब जल्दी से यहाँ की खेतीबाड़ी का सारा काम निपटाकर सौरव को दिल्ली लेकर चले जाएँगे, ताकि उसे अच्छी पढ़ाई का माहौल मिल जाए! मैंने सोच लिया था कि अच्छे प्राइवेट स्कूल में उसका ऐडमिशन करा देंगे। इससे सौरव अँगरेजी बोलना और लिखना भी सीख लेगा। काम निपटाते हुए दो-तीन महीने बीत गए। मुझे अपनी ताकत और कमजोरी, दोनों के बारे में पता था। मैं जानता था कि मेरे दिल्ली जाने के बाद पत्नी-बच्चों को देखनेवाला कोई नहीं है। जो भी करना है, मुझे ही करना है। अलबत्ता सुलभ का सहारा एक बड़ी उम्मीद थी। जब तक सौरव गाँव में रहा, सुलभ वाले गाँव में सौरव को पढ़ाई में दिक्कत न आए, इसलिए सौरव के नाम से चेक भेजते रहे।

नया साल शुरू हुआ, जनवरी आ गई। मुझे लगा कि अब दिल्ली जाना पड़ेगा। मन-ही-मन बड़ा डर भी लगता, देश की राजधानी है, बड़ा शहर है। अनजान शहर है और उसमें सौरव को लेकर रहना। लेकिन मैं कुछ कर भी नहीं सकता था, क्योंकि मेरी जिंदगी सौरव की पढ़ाई के सिवा कुछ नहीं थी। मैंने जी कड़ा करके सौरव की माँ से कहा कि कल मैं जाकर दिल्ली का टिकट ले आऊँगा, जब का भी रिजर्वेशन मिलेगा। मैंने अपना और सौरव का सामान पैक करने के लिए कह दिया। मैंने रास्ते में खाने-पीने का सामान भी तैयार करने को कहा। चने का सत्तू तुरंत तैयार करना भी जरूरी था, क्योंकि वह सौरव को बेहद पसंद था। दिल्ली यात्रा के लिए जो भी जरूरी सामान था, मैंने उसकी लिस्ट माँगी। मैं सामान खरीदने के लिए लालायित हो गया, क्योंकि एक नई जिंदगी की शुरुआत होनेवाली थी। अगले दिन सुबह उठकर

टिकट लेने मैं मधेपुरा चला आया। स्टेशन मास्टर ने बताया कि वहाँ से पटना जाना होगा, वहाँ से दूसरी ट्रेन दिल्ली के लिए मिलेगी। फिर मैंने पटना का टिकट ले लिया। टिकट लेने के बाद मेरे मन में विचार आया कि मेरे साले अशोक का लड़का भी वहाँ 10 साल से रह रहा है, उसका भी पता ले लेता हूँ। इसलिए मैं अपने दोस्त वीर सिंह के साथ अपने साले के घर मधेपुरा जाता हूँ। मैं उसे सौरव के दिल्ली जाने की बात बताता हूँ।

अशोक–"सौरव दिल्ली में ही पढ़ेगा?"

मैं–"हाँ, वहीं पर स्कूल में ऐडमिशन करा देंगे। वहाँ आगे बढ़ने का बहुत स्कोप है।"

अशोक–"सौरव का सारा खर्च तो सुलभ वाले देंगे?"

मैं–"हाँ, वही देंगे, बोला तो है।"

मैंने फिर कहा–"आपका भी बड़ा लड़का 10 साल से दिल्ली में रहता है। मैं भी सौरव को लेकर पहली बार जा रहा हूँ, अगर उसका पता मिल जाता तो अच्छा होता।"

अशोक–"मेरे पास राहुल (बेटा) का पता नहीं है। वैसे भी उसे स्कूल आदि के बारे में कुछ पता नहीं होगा, वह तो आई.ए. एस. की तैयारी कर रहा है।"

मैं–"ठीक है, कोई बात नहीं।"

प्रणाम करके हम वहाँ से निकल जाते हैं।

मेरा मन बहुत ही उदास हो जाता है। मन में तरह-तरह की बातें आने लगती हैं। मेरा दोस्त वीर सिंह समझ जाता है कि मुझे काफी तकलीफ हुई है।

वीर सिंह–"दोस्त, घबराने की बात नहीं, मेरा भतीजा वहीं रहता है, मैं आज ही उसका पता और फोन नंबर आपको देता हूँ। आप मेरे साथ चलिए।"

मैं–"मधेपुरा के पास में ही उसका घर है तो अभी चलिए। अशोक बाबू पता नहीं, कैसे लोग हैं?"

वीर सिंह–"मैं आपको ले चल रहा हूँ।"

मैं–"ठीक है, वैसे भी समय तो बिल्कुल नहीं है। कल शाम को निकलना भी है। जो करना है आज ही।"

वीर सिंह अपने भाई के घर जाकर अपने भतीजे विवेक का दिल्ली का पता और फोन नंबर भी लेते हैं। वह विवेक को फोन करके बात भी कराते हैं। इसके बाद वह एक और व्यक्ति के यहाँ मुझे ले जाते हैं, जो दिल्ली के एक कॉलेज में प्रोफेसर थे। उनका पता और फोन नंबर भी देते हैं।

फिर हम दोनों शाम को घर लौट जाते हैं। सौरव की माँ ने दिल्ली जाने के लिए हमारा सामान पैक कर दिया था। एक-दो महीने का नाश्ता भी तैयार किया जा चुका था। सौरव के लिए 15 किलो चने का सत्तू खुद से चक्की पर पीसा था। जब सौरव को पता चला कि उनकी मम्मी दिल्ली उसके साथ नहीं जा रही हैं तो वह रोने लगा। उसकी माँ ने बड़ी मुश्किल से समझा-बुझाकर उसे चुप कराया। अगले दिन सुबह मैं सौरव को लेकर उन सभी प्रोफेसर के पास गया, जिनसे वह मदद लेता रहा था। सभी प्रोफेसर ने खुश होकर उसे आशीर्वाद दिया। सभी प्रोफेसर को उसके दिल्ली जाने की खुशी थी। दोपहर के 2 बजे तक मैं और सौरव घर लौट आए। सौरव की माँ ने उसके लिए मछली-भात बनाया था। हमारे यहाँ एक मान्यता है कि यदि कोई शुभ यात्रा पर बाहर जाए तो मछली खाना शुभ रहता है। खाना खाकर सौरव ने परिवार के बाकी सदस्यों से बात की। उसके बाद मैंने गाँव के रिक्शावाले को बुलाया। तीन-चार लोगों ने मिलकर रिक्शे पर सामान लादा। तीन-चार बोरे तो किताब-कॉपी ही के थे। सौरव और मैं जैसे ही रिक्शा

पर बैठे, सौरव और उसकी माँ की रुलाई फूट पड़ी। सौरव के भाई-बहन भी फूट-फूट कर रो रहे थे। सौरव पहली बार बाहर जा रहा था, परिवार से बिछुड़ रहा था। तीन-चार और हमारे हितैषी एक और रिक्शे पर बैठ गए स्टेशन तक जाने के लिए। जानकीनगर बाजार का स्टेशन सात किलोमीटर दूर था। रिक्शे से हम स्टेशन पहुँच गए। स्टेशन पर ट्रेन खड़ी थी और जानेवाली थी। साथ में आए तीन-चार लोगों ने जल्दी-जल्दी ट्रेन में सामान रख दिया। बस सामान रखते-रखते ही ट्रेन चल पड़ी। मेरे साथ मेरा चचेरा भाई संजय भी था, जो किसी काम से दिल्ली जा रहा था। बाकी सामान चढ़ानेवाले मेरे साथी भी ट्रेन की तेज स्पीड की वजह से उतर नहीं पाए। मेरे साथियों के पास टिकट तो था नहीं, इतने में टी.टी. आ गए। हम घबरा गए।

संजय–*(टी.टी. से)* "आप हम लोगों को नहीं जानते हैं?"

टी.टी.–"नहीं, मुझे क्या पता आप लोग कौन हैं?"

संजय–"आप सौरव को जानते हैं?"

टी.टी.–"कौन-सा सौरव?"

संजय–"जानकीनगर का सौरव।"

टी.टी.–"हाँ, मैंने उसका नाम सुना है। मैंने उस लड़के के बारे में न्यूजपेपर में पढ़ा है।"

संजय–"हम लोग उसी को छोड़ने आए थे। जब हम स्टेशन पर आए तो ट्रेन लगी थी। जैसे ही ट्रेन में सामान रखा, ट्रेन चल पड़ी।"

टी.टी.–*(सौरव की तरफ देखते हुए मुस्कराते हैं और कहते हैं)* "कोई बात नहीं, आप सभी लोग पटना तक जा सकते हैं। अगर रास्ते में कोई टी.टी. आते हैं तो मेरा यह कार्ड दिखा दीजिएगा।"

टी.टी. की सज्जनता के हम सब कायल हो जाते हैं। गाँव से जो 3-4 आदमी चढ़े थे, वे अगले स्टेशन मुरलीगंज पर उतर जाते हैं। हम लोग अगले दिन सुबह पटना पहुँच जाते हैं। पटना से 10 बजे ट्रेन थी–दिल्ली जाने के लिए। हमने हाथ–मुँह धोकर कुछ नाश्ता-पानी लिया। थोड़ी देर बाद ही नॉर्थ-ईस्ट ट्रेन स्टेशन पर आकर रुक जाती है।

## 7 जनवरी, 1999

यूँ तो दिल्ली देश की राजधानी है, यह सभी जानते हैं, पर इसके साथ ही यह देश के अधिकतर शहरों-कस्बों के महत्त्वाकांक्षी लोगों के सपने पूरे करने की भी राजधानी है। राजनीति के लिए तो सभी दिल्ली आते ही हैं। अपनी भाग्यनीति चमकाने का लक्ष्य भी दिल्ली ही है। खैर, हम लोग नॉर्थ-ईस्ट ट्रेन से दिल्ली पहुँचे। जनवरी का महीना था। कड़ाके की ठंड ने हमारी तो हालत ही खराब कर दी। इतनी ठंड का एहसास पहली बार हुआ। स्टेशन पर उतरते ही कुलियों ने ऐसे घेर लिया, जैसे मीठे पर मक्खियाँ आती हैं। एक कुली को तय करके हमने सामान उठवा लिया। उसने सामान ले जाकर एक ऑटोवाले के पास रख दिया। फिर क्या था, 4-5 ऑटोवालों ने हमें घेर लिया। मैंने वीर सिंह के भतीजे विवेक का पता जेब से निकालकर पढ़ा तो ऑटोवाले समझ गए कि हम इस शहर में नए आए हैं। बस, अब तो वो पीछे पड़ गए। पीछा छुड़ाने के लिए हमने एक अपेक्षाकृत शांत स्वभाव के दिखनेवाले ऑटोवाले से अपनी मंजिल बताई और जल्दी से उसमें सवार हो गए। हमें उत्तम नगर के पास हस्तसाल जाना था। ऑटोवाले ने 250 रुपए माँगे। हमने कहा कि यह तो बहुत ज्यादा हैं तो उसने बहाना बना दिया कि कोहरा घना है, इसलिए इतने पैसे तो बनते हैं।

खैर, हम विवेक के घर पहुँच गए। उसने हमारा बहुत सत्कार किया। मैंने पूछा कि क्या वीर बाबू ने फोन करके हमारे आने के बारे में बताया था तो उसने बताया कि हाँ, उनका फोन आया था। और हम जब तक चाहें, उसके घर रह सकते हैं। हम उसके घर रुक गए। शाम को मैंने उन प्रो. को फोन किया, जिनका नंबर मैं गाँव से लेकर आया था। उनका नाम प्रदीप झा था। उन्होंने फोन पर मुझे और सौरव को अपने घर पर आमंत्रित किया। रात को मिलना तय हुआ। वे मुखर्जी नगर रहते थे। मैं, सौरव और विवेक को साथ लेकर रात को मुखर्जी नगर के लिए निकल गया। हमने बस पकड़ी और मुखर्जी नगर पहुँच गए। प्रोफेसर प्रदीप झा ने बहुत उत्साह से हमारा स्वागत किया। मुझे हर बेहतर स्वागत पर जवानी में मिले तिरस्कार का दर्द याद आता था। पर उस बीते कल से आज इतना सुनहरा था कि उस गुजरे कल का दंश अब दुःख नहीं देता था।

प्रो. झा–''चाचा, आप कब दिल्ली आए?''

मैं–''आज ही सुबह।''

प्रो. झा–''कौन-सी ट्रेन से आप लोग आए?''

मैं–''नॉर्थ-ईस्ट पटना से।''

प्रो. झा–*(इशारा करके)* ''सौरव यही है?''

मैं–''हाँ।''

प्रो. झा–''बताइए चाचा, मैं क्या मदद कर सकता हूँ?''

मैं–''मुझे इसका ऐडमिशन करवाना है, दिल्ली के किसी अच्छे स्कूल में।''

प्रो. झा–''चाचा, हम सुबह चलेंगे। आप सौरव के कागज लाए हैं।''

मैं–''हाँ, लेकर आए हैं।''

प्रो. झा–''चाचा जी, यहाँ पर आर.के. पुरम् में दिल्ली पब्लिक

स्कूल (डी.पी.एस.) है, जो बहुत अच्छा है। पहले हम सौरव को लेकर वहीं चलेंगे।''

मैं–''आप कौन–से कॉलेज में पढ़ाते हैं?''

प्रो. झा–''मैं तो हिंदू कॉलेज में फिजिक्स का प्रोफेसर हूँ।''

मैं–''आपने जिस स्कूल का नाम लिया, डी.पी.एस., उसके बारे में मुझे पूर्णिया की डॉ. नुज्जत बानू ने भी बताया था। पर यह स्कूल तो बड़े लोगों के बच्चों के लिए है, हम जैसों के लिए थोड़े ही है!''

प्रो. झा–''एक बार चलकर बात करके तो देखते हैं सुबह। नहीं हुआ तो कोई बात नहीं, किसी दूसरे स्कूल जाएँगे।''

मैं–''ठीक है।''

अगली सुबह मेरे चचेरे भाई किसी काम से बाहर चले गए। मैं, सौरव और प्रो. झा तीनों स्कूल के लिए निकल गए। यह 8 जनवरी, 1999 की सुबह की बात है, जब हम तीनों डी.पी.एस., आर.के. पुरम् स्कूल के गेट पर पहुँचे। प्रो. झा ने गेटमैन से प्रिंसिपल से मिलने के बारे में कहा। गेटमैन ने गेट खोल दिया। उसने हमें रिसेप्शन पर जाने के लिए कहा।

हम तीनों रिसेप्शन पर पहुँच गए। प्रो. प्रदीप झा ने रिसेप्शनिस्ट से बात की। रिसेप्शनिस्ट ने हम लोगों को पाँच मिनट इंतजार करने के लिए कहा। थोड़ी देर बाद रिसेप्शनिस्ट हमें प्रिंसिपल ऑफिस ले गईं। उस समय डी.पी.एस., आर.के. पुरम् की प्रिंसिपल मिसेज श्यामा चोना थीं। हम तीनों अंदर गए। मिसेज श्यामा चोना अपनी रिवॉल्विंग चेयर पर थीं। हम तीनों ने उन्हें प्रणाम किया। उन्होंने हम तीनों को कुर्सी पर बैठने को कहा।

डॉ. श्यामा चोना–''बताइए, मैं आप लोगों की क्या मदद कर सकती हूँ?''

प्रो. झा–"ये लोग बिहार से आए हैं। आपके स्कूल में ऐडमिशन लेना चाहते हैं।"

डॉ. श्यामा चोना–"आपमें से स्टूडेंट के फादर कौन हैं?"

मैं–"मैं हूँ।"

डॉ. श्यामा चोना–"आप अपनी जॉब प्रोफाइल बताइए?"

मैं–"मैं तो एक गरीब किसान हूँ। पर मैं अपने बेटे को आपके स्कूल में पढ़वाना चाहता हूँ, ताकि इसकी जिंदगी बन जाए।"

डॉ. श्यामा चोना को लगा कि हम लोग उनके स्कूल का नाम सुनकर आ गए। हमारी हालत देखकर उनको लगा कि हम प्राइवेट स्कूल में पढ़ाई का खर्च कैसे उठा पाएँगे।

प्रो. प्रदीप झा ने डॉ. चोना को फिर सौरव के बारे में बताया। जैसे-जैसे प्रो. झा सौरव के बारे में बता रहे थे, डॉ. चोना प्रभावित होती दिख रही थीं।

सारी बात सुनकर डॉ. श्यामा चोना ने मेरी तरफ देखते हुए कहा–"बिहार में एक नवोदय स्कूल है। वहाँ इसका ऐडमिशन करा दें, वहाँ इसकी अँगरेजी ठीक हो जाएगी।"

मैं–"ठीक है, मैडम।"

हम तीनों उठकर बाहर निकलते कि इतने में पीछे से आवाज आई कि एक मिनट रुकिए। हम तीनों लौटे। डॉ. श्यामा चोना के सामने हम लोग एक बार फिर कुर्सी पर बैठ गए। डॉ. श्यामा चोना ने दराज से सादा कागज निकाला और उस पर पेन से कुछ लिखा।

डॉ. श्यामा चोना–*(सौरव से)* "जरा, मैथ के इस सवाल को हल करके दिखाओ।"

सौरव–"जी मैम।"

उसने प्रिंसिपल के द्वारा दिए गए सवाल को हल करना

शुरू किया। सवाल 12वीं क्लास का था। थोड़ी देर सौरव उस सवाल को हल करने की कोशिश करता है, पर उसके चेहरे पर चिंता उभरने लगती है। मैं और प्रो. झा सौरव को गौर से देखने लगते हैं।

सौरव–*(प्रिंसिपल से)* ''मैम, यह प्रश्न गलत है।''

डॉ. श्यामा चोना–''तो यहाँ क्या होना चाहिए?''

सौरव ने बताया कि सवाल में क्या गलत था और उसे ठीक करके उसका उत्तर भी निकालकर प्रिंसिपल को दिखा दिया। जब डॉ. श्यामा चोना ने देखा तो उन्हें पता चल गया कि सौरव का उत्तर बिल्कुल सही है।

डॉ. श्यामा चोना–''ही इज जीनियस ब्वॉय!'' ऐसा कहकर वे मेरी तरफ मुस्कराकर देखने लगीं।

डॉ. चोना–''किस क्लास में सौरव का ऐडमिशन लूँ?''

मैं–''मैडम, जिसमें आपको ठीक लगे, मैं तो बस इतना ही चाहता हूँ कि इसकी अँगरेजी ठीक हो जाए।''

डॉ. चोना–''मैं सौरव का ऐडमिशन सिक्स्थ क्लास में ले लेती हूँ। वैसे सौरव दिल्ली में कहाँ रहेगा? इसका सारा खर्च कौन देगा?''

तब मैंने सौरव की बाबत छपी वो खबर दिखाई, जिसमें सामाजिक कार्यों के लिए अग्रणी माने जानेवाले संस्थान सुलभ इंटरनेशनल ने सौरव को अपने संरक्षण में लेने की बात की थी। इस खबर में सुलभ ने सौरव की प्रतिभा का सम्मान करते हुए उसकी पढ़ाई-लिखाई, खाने-पीने और रहने-ठहरने की व्यवस्था में पूरी मदद देने की बात कही थी।

**'तथागत की तरह ही बाल-प्रतिभा सौरभ को भी सुलभ का संरक्षण'**

*विश्वविद्यालय संवाददाता, मधेपुरा, 7 अप्रैल। 'टाइनी जीनियस'*

# तथागत की तरह ही बाल प्रतिभा सौरभ को भी 'सुलभ' का संरक्षण

विश्वविद्यालय संवाददाता

*सुलभ इंटरनेशनल द्वारा सौरव को आर्थिक सहयोग देने की घोषणा की खबर 7 अप्रैल, 1999 को 'हिंदुस्तान' अखबार में प्रकाशित*

के नाम से पहचाने जानेवाले 9 वर्ष 5 महीने के बालक 'सौरव' को भी तथागत की तरह 'सुलभ इंटरनेशनल सोशल सर्विस ऑर्गनाइजेशन' ने अपनी छत्रच्छाया में ले लिया है। उक्त बातें सौरभ के पिता ने सौरभ के साथ दिल्ली प्रस्थान करने से पहले वि.वि. परिसर में विद्वत् जनों

के बीच संगठन के पत्रांक 51550/एच.ओ. 2/98-99 दि. 16-4-98 को दिखाते हुए कही।

ज्ञातव्य है कि पहली बार 'हिंदुस्तान' के 16 अप्रैल, '98 के अंक में पूर्णिया जिले के जानकीनगर निवासी श्री ओम प्रकाश यादव के विलक्षण बुद्धि के 9 वर्षीय पुत्र सौरभ, जो चौथी कक्षा में पढ़ रहा था, के बारे में एक रिपोर्ट प्रकाशित हुई थी। इसमें भूपेंद्र नारायण मंडल विश्वविद्यालय के गणित, भौतिक और रसायनशास्त्र के विद्वान् प्रोफेसरों द्वारा लिए गए साक्षात्कार के बाद उन्होंने यह कहा था कि सौरभ इंटर के गणित और विज्ञान के गूढ़-से-गूढ़ प्रश्नों को प्रचलित पद्धति के अतिरिक्त भी अपने बनाए सरल तरीकों से हल कर सकता है। 'हिंदुस्तान' में सर्वप्रथम तथा बाद में दूसरे समाचार-पत्रों में सौरभ से संबंधित समाचार के प्रकाशन के बाद भारत के विभिन्न शैक्षणिक एवं सामाजिक संगठनों ने सौरभ को संरक्षण देने की पेशकश की थी। इंटरनेट द्वारा अमेरिका तक में अलग-अलग संगठनों और केंद्रों में इस विलक्षण बुद्धि के बालक की प्रतिभा के बारे में फीड किया गया था। चारों ओर सौरभ की विलक्षण प्रतिभा की धूम मची थी।

परंतु आपसी सहमति के बाद सौरव के पिता ने सुलभ इंटरनेशनल के सर्वेसर्वा डॉ. विन्देश्वर पाठक के उस प्रस्ताव को मंजूर कर लिया, और इस आलोक में सौरभ को लेकर दिल्ली प्रस्थान किया, जहाँ सौरभ के लिए फ्लैट, सर्वोत्तम शिक्षा व्यवस्था और अमेरिका भेजे जाने की व्यवस्था की जाएगी। जब तक सौरभ दिल्ली में रहेगा 'तथागत' के समीप रहेगा। सौरभ आज की तिथि में स्नातक स्तर के गणित और विज्ञान के प्रश्नों को तेजी से हल करता हुआ 'तथागत' के रेकार्ड को तोड़ने की ओर अग्रसर है।

दिल्ली रवाना होते समय सौरव के सामानों के साथ एक बड़े थैले में उसका मनपसंद भोजन सत्तू भी था।

जब डॉ. श्यामा चोना ने यह रिपोर्ट पढ़ी तो उन्होंने मुझसे

कहा कि आपके पीछे इतने बड़े सामाजिक क्रांतिकारी व्यक्ति का साथ है तो आप लोगों को क्या दिक्कत होगी! डॉ. चोना ने अपनी सहृदयता का परिचय भी दिया। डॉ. चोना ने कहा कि सौरव दिल्ली में जहाँ भी रहेगा, डी.पी.एस. मैनेजमेंट उसके लिए स्कूल बस फ्री रखेगा।

इसके बाद डॉ. चोना सौरव का हाथ पकड़कर उसे उसकी क्लास और स्कूल दिखाने ले गईं। पूरे स्कूल में घुमाकर बाद में डॉ. श्यामा चोना ने मुझसे पूछा कि अभी आप कहाँ रह रहे हैं? मैंने उन्हें बताया कि मैं उत्तम नगर इलाके में रह रहा हूँ।

डॉ. चोना–"आप स्कूल के पास ही घर ले लीजिए सुलभ वालों को कहकर, क्योंकि अभी तो यह काफी छोटा बच्चा है। इसे आने-जाने में बहुत दूर पड़ेगा।"

मैं–"ठीक है मैडम, मैं डॉ. विन्देश्वर पाठक से इस बारे में बात करूँगा।"

डॉ. चोना–"स्कूल का टाइम सुबह 6:30 का है, कल से सौरव स्कूल आएगा। दोपहर 2:45 पर छुट्टी होगी। आप कल इसे कॉपी-किताब खरीद दीजिएगा, स्कूल में ही मिल जाएगी।"

डॉ. श्यामा चोना का धन्यवाद जताकर हम लोग वहाँ से बाहर निकले।

प्रो. झा–"अब सौरव का स्कूल में तो ऐडमिशन हो गया है। अब आप डॉ. विन्देश्वर पाठक से मिल लीजिए। वे स्कूल के आस-पास घर भी दिला देंगे।"

मैं–"ठीक है, मैं अभी फोन कर लेता हूँ।"

नजदीक ही एक टेलीफोन बूथ था। मैंने वहाँ से चुनचुन झा को पटना फोन मिलाया।

चुनचुन झा–"हाँ बताइए, सौरव के पापा, क्या बात है, कहाँ हैं आप?"

मैं–"मैं सौरव को लेकर दिल्ली आ गया हूँ और इसका

ऐडमिशन डी.पी.एस., आर.के. पुरम् में हो गया है। मुझे डॉ. विन्देश्वर पाठक जी से मिलना है।''

चुनचुन झा–''डी.पी.एस. स्कूल में ऐडमिशन हो गया! वह तो दिल्ली का अच्छा स्कूल है। वैसे सर, आप दिल्ली का ही नंबर लिख लीजिए, वहाँ के ऑफिस में अभी बात कर लीजिए, सर आपको वहीं मिलेंगे।''

मैं–''ठीक है, मैं अभी बात कर लेता हूँ।''

मैंने चुनचुन झा द्वारा दिए सुलभ के नंबर पर फोन किया तो पता चला कि डॉ. पाठक विदेश के लिए निकल गए हैं, 4-5 दिन बाद दिल्ली आएँगे। इस जानकारी के बाद मैं और सौरव लौटकर उत्तम नगर आ गए और प्रो. प्रदीप झा अपने घर चले गए।

अगले दिन, हस्तसाल से 4 बजे सुबह निकलकर हम पैदल उत्तम नगर के बस स्टैंड पर आ गए, क्योंकि हमें बस नंबर पता नहीं था और यह भी नहीं पता था कि बस वहाँ तक जाने में कितना समय लेगी। धीरे-धीरे बसों का तो पता चल गया, पर कभी-कभी ऐसा भी होता था कि हम लोग जिस बस में चढ़ते थे, वह आधे रास्ते में ही उतार देती थी। सुबह-सुबह बसवालों की मनमानी कौन रोकता! ज्यादा यात्री भरने के लिए वे आधे रास्ते में यात्रियों को उतारकर फिर अपने रूट पर वापस चले जाते थे। जहाँ वे हमें उतारते, वहाँ से किसी तरह पूछ-पूछकर हम आर.के. पुरम् स्कूल तक पहुँचते। जनवरी के महीने में सुबह काफी ठंड भी होती थी। कभी-कभी तो ऐसा होता था कि हम लोग जब डी.पी.एस. पहुँचते तो देखते कि स्कूल बस तभी बच्चों को लाने के लिए निकल रही होती थी। तब सौरव, वहीं स्कूल के बाहर, चबूतरे पर स्ट्रीट लाइट के नीचे पढ़ने बैठ जाता। जब स्कूल में बच्चे आने लगते, तब सौरव स्कूल में पढ़ने जाता। इस दौरान मैं स्कूल के बाहर पास में एक बड़ा पार्क था, वहाँ बैठा रहता था और जब सौरव की छुट्टी होनेवाली होती, तब मैं स्कूल के गेट पर खड़ा होकर उसका

इंतजार करता। जब सौरव निकलता तो उसे फिर से बस से लेकर उत्तम नगर आता। ऐसे ही दिन बीतने लगे।

कुछ दिनों के बाद एक दिन जब मैंने सुलभ इंटरनेशनल के दिल्ली स्थित कार्यालय में फोन किया तो पता चला कि डॉ. विन्देश्वर पाठक आ गए हैं। तब मैं और सौरव स्कूल से छुट्टी के बाद पालम स्थित सुलभ इंटरनेशनल के ऑफिस गए।

मैंने वहाँ एक कार्यकर्ता से डॉ. विन्देश्वर पाठक के बारे में पूछा।

कार्यकर्ता–''बैठिए, मैं अंदर बता देता हूँ, आपका नाम क्या है?''

मैं–''ओम प्रकाश यादव, मैं सौरव का पिता हूँ।''

कार्यकर्ता–''ठीक है।''

थोड़ी देर बाद एक अन्य सज्जन बाहर आए, उन्होंने कहा कि साहब अंदर बुला रहे हैं। हम अंदर गए।

डॉ. विन्देश्वर पाठक–''आइए बैठिए, बताइए, कैसे हैं?''

मैं–''ठीक हैं सर,'' कहकर हम दोनों सर को प्रणाम कर कुर्सी पर बैठ गए।

डॉ. विन्देश्वर पाठक–''आपने कोई स्कूल देखा सौरव के ऐडमिशन के लिए?''

मैं–''सर, इसका ऐडमिशन डी.पी.एस., आर.के. पुरम् में हो गया है।''

डॉ. विन्देश्वर पाठक–''यह तो बहुत अच्छी बात है, स्कूल तो बहुत अच्छा है। और बताइए, अब किन-किन चीजों की जरूरत है?''

मैं–''सर, प्रिंसिपल ने कहा है कि सौरव के लिए स्कूल की बगल में ही घर ले लीजिए।''

डॉ. विन्देश्वर पाठक–*(सौरव से)* ''मम्मी की याद आती है?''

सौरव–''जी सर।''

डॉ. विन्देश्वर पाठक–*(मेरी ओर देखते हुए)* "इसकी माँ को बुला लीजिए, यह अभी काफी छोटा है। इसे अभी माँ की जरूरत है। इसके भाई-बहन को भी यहाँ ले आइए। उन सबका भी स्कूल में ऐडमिशन करा दीजिए।"

इसके बाद डॉ. विन्देश्वर पाठक ने हमारा परिचय मो. अकबर अली से कराया। डॉ. पाठक ने कहा कि ये आप लोगों के सारे काम देख लेंगे। यह आपको अपना नंबर भी दे देंगे। जिस चीज की भी जरूरत हो, इन्हें आप बता दीजिएगा। ये आप लोगों को आर.के. पुरम् में कल तक घर भी दिला देंगे।

मैं–"ठीक है सर!"

इसके बाद डॉ. पाठक ने मुझे कुछ पैसे भी दिए। उनकी सहृदयता देखकर मेरा मन गद्‌गद हो गया। मुझे यह एहसास गहरे तक पकड़ गया कि दुनिया में अगर अपने सगे अजनबी हो सकते हैं तो अजनबी भी सगों से बढ़कर हो सकते हैं। डॉ. पाठक की भलाई मेरे मन में अपनों से मिले दंश का दर्द भुलाने लगती है।

हम उत्तम नगर वापस आ जाते हैं। अगले दिन शाम को जब मैं अकबर अली को फोन करता हूँ तो वे बताते हैं कि घर मिल गया, आर.के. पुरम् में ही सेक्टर-6 में मकान नं. 246 है। उन्होंने कहा कि कल 10 बजे मैं उन्हें वहीं मिलूँ, वे मुझे चाबी दे देंगे।

अगले दिन मैं सौरव को स्कूल छोड़कर सेक्टर-6 में मकान नं. 246 का पता पूछकर वहाँ पहुँच गया। थोड़ी देर में ही अकबर अली पहुँच गए। उन्होंने मकान मालिक से मेरा परिचय कराया। मकान मालिक ने मकान से जुड़ी बिजली-पानी की जरूरी बातें बताने के बाद चाबी मुझे दे दी। इसके बाद जब सौरव की स्कूल से छुट्टी हो गई, तब हम दोनों उत्तम नगर जाकर सारा सामान लेकर वापस उस मकान में आ गए।

सौरव की एक मौसी, जो बिहार में मुरलीगंज में रहती थी, उसकी बड़ी बेटी निशि दिल्ली में रहती थी। निशि की शादी हो

चुकी थी। जब मैं दिल्ली आ रहा था तो निशि का नंबर लेकर आया था। एक दिन जब सौरव स्कूल गया और मैं पार्क में बैठे-बैठे बोर हो गया तो मैंने सोचा कि जब तक सौरव की छुट्टी होगी, तब तक मैं निशि से मिल आता हूँ, मन भी लग जाएगा।

मैंने एक बूथ से निशि का नंबर मिलाकर बात की। उसके पति ने आर.के. पुरम् से नोएडा जानेवाली बस का नंबर बता दिया। मैं बस पकड़कर नोएडा उसके घर पहुँच गया। वहाँ खाना-पीना खाया। वहीं सौरव की ननिहाल के एक और सज्जन मिल गए, उनका नाम सुनील है। सुनील चाचा बहुत ही भले इनसान हैं। वे मेरे साथ सौरव से मिलने आर.के. पुरम् आ गए। वे 2-3 दिन हमारे साथ रहे। उन्होंने घर का सारा सामान खरीदवा दिया। वे दिल्ली में काफी दिनों से रह रहे थे। उन्होंने अपना नंबर भी मुझे दे दिया, ताकि जब जरूरत हो, मैं उन्हें बुला सकूँ। इस बीच सौरव की माँ को भी मैंने दिल्ली आने के लिए कह दिया था। उन्हें आने में 3-4 दिन थे। मुझे खाना बनाना तो आता था नहीं, मैं सौरव के लिए बस खिचड़ी बना देता था। इसलिए सौरव के साथ-साथ मुझे भी उसकी माँ का बेसब्री से इंतजार था।

इंतजार से याद आया कि शुरू-शुरू में ऐसा भी हुआ कि जब मैं सौरव को लेने स्कूल जाता तो मुझे कभी-कभी काफी देर तक बाहर खड़े रहना पड़ता था। स्कूल से सभी विद्यार्थी निकल आते और स्कूल खाली हो जाता। मैं सब आने-जानेवाले विद्यार्थियों में सौरव को ढूँढ़ते-ढूँढ़ते थक जाता। तब मैं घबरा जाता। मैं स्कूल के अंदर ढूँढ़-ढूँढ़कर भी परेशान हो जाता। तब अंदर जाकर मुझे पता चलता कि सौरव कंप्यूटर लैब में बैठा है। वहाँ जाकर देखता कि वो तो कंप्यूटर चलाने में मस्त है। वह भूल जाता कि बाहर पापा इंतजार कर रहे हैं। तब मैं पहले तो झूठ-मूठ गुस्सा दिखाता, फिर

रास्ते में पूछता-पूछता आता कि आज किस विषय में क्या-क्या पढ़ाई हुई? दरअसल, मुझे सौरव की पढ़ाई की चिंता होने लगी थी। सौरव का ऐडमिशन जनवरी महीने में हुआ था और स्कूल में फरवरी के दूसरे सप्ताह में फाइनल परीक्षा थी। चिंता यह थी कि सारे विषय अँगरेजी में थे।

हालाँकि सौरव के बारे में प्रिंसिपल श्यामा चोना ने सभी टीचर्स को कह दिया था कि सौरव से सिर्फ अँगरेजी में ही बात करनी है, ताकि सौरव जल्दी अँगरेजी बोलना सीख ले। शुरू-शुरू में जब सौरव क्लास टीचर से अँगरेजी में नहीं बोलता था तो टीचर कहतीं, ''जब तक तुम अँगरेजी में बात नहीं करोगे, मैं तुम्हारी बात नहीं सुनूँगी।''

एक बार ऐसा हुआ कि 12वीं क्लास के बच्चों को मैडम ने गणित में कुछ सवाल हल करने के लिए दिए। लेकिन कोई भी बच्चा उन्हें हल नहीं कर पा रहा था। तब मैडम ने कहा कि छठी क्लास में एक लड़का है सौरव, उसे बुलाकर लाओ। सौरव आया तो मैडम ने उससे कहा कि बोर्ड पर जो सवाल लिखा है, उसे हल करके दिखाओ। सौरव ने तुरंत सवाल हल करके दिखा दिया। सभी बच्चों ने तालियाँ बजाईं। कुछ बच्चे तो सौरव को उसकी क्लास तक छोड़ने गए। उस दिन के बाद से डी.पी.एस. के अधिकतर बच्चे सौरव को पहचानने लगे थे। एक मजेदार बात बताऊँ, सौरव को नई पेन बहुत पसंद थी। 11वीं और 12वीं क्लास के बच्चे जब स्कूल में लंच टाइम होता तो सौरव के पास आकर कहते कि सौरव यह सवाल हल कर दोगे तो मैं ये पेन तुम्हें दे दूँगा। सौरव खुशी-खुशी सभी बच्चों के सवाल हल कर देता।

एक बार स्कूल के बच्चों ने सौरव को कहा, 'अँधेरे में चिनगारी, सौरव के बिहारी'। सौरव ने तुरंत प्रिंसिपल डॉ. श्यामा

चोना के पास पहुँचकर लड़कों की शिकायत की। प्रिंसिपल ने सौरव के साथ आकर उन बच्चों को डाँटा कि तुम सौरव को परेशान नहीं करोगे। उसके बाद से लड़कों ने सौरव को परेशान नहीं किया। इधर सौरव की माँ भी बिहार से दिल्ली आ जाती है। अब सौरव का मन लग जाता है। उसके भाई-बहन भी उसके साथ रहने के लिए आ जाते हैं।

इस बीच सौरव का रिजल्ट आ जाता है। सौरव की छठी कक्षा की परीक्षा में गणित और विज्ञान में तो अच्छे नंबर आते हैं, लेकिन सामाजिक विज्ञान, संस्कृत और हिंदी में कम नंबर आते हैं। सामाजिक विज्ञान तो पूरा अँगरेजी में ही लिखना था और एक महीने में इतनी अँगरेजी वो सीख नहीं पाया था। खैर, अप्रैल में सौरव का नए क्लास में दाखिला होता है। सौरव को अब नए विषय चुनने थे। मैंने सौरव को रोबोटिक्स में दाखिला दिलवाया। मैंने गाँव में न्यूजपेपर में रोबोटिक्स की फील्ड के बारे में पढ़ा था कि उसमें अपार संभावनाएँ हैं। मुझे लगा, रोबोटिक्स में सौरव को कुछ नया सीखने को मिलेगा। ऐसा ही हुआ, धीरे-धीरे सौरव की रुचि रोबोटिक्स में इतनी बढ़ गई कि कुछ दिन बाद वो नई-नई चीजें बनाने के लिए सोचने लगा।

सौरव की बहन के पास एक घड़ी थी। एक दिन चुपके से उसने वह घड़ी उठाई और अपने कमरे में ले गया। उसने कमरे में ले जाकर घड़ी के सारे पार्ट निकाल दिए। जब मुझे पता चला तो मैंने उससे पूछा कि तुमने ऐसा क्यों किया तो उसने बड़ी मासूमियत से बताया कि मैं अंदर की मशीन को देखना चाहता था कि वह कैसे चलती है? उसकी इस तरह की कई कारगुजारियाँ रोबोटिक्स में उसकी रुचि पैदा होने के बाद से शुरू हो गई थीं।

कुछ दिनों बाद हम लोग आर.के. पुरम् का मकान खाली

कर मुनिरका आ गए। सौरव की पढ़ाई डी.पी.एस. में ही चल रही थी। मैं जब भी पान खाने दुकान पर जाता था तो वहाँ कई अलग-अलग क्षेत्रों के लोगों से मेरी मुलाकात होती रहती थी। वहाँ अगर मुझे लगता कि उनमें से कोई भी, सौरव की किसी भी तरह से, पढ़ाई में मदद कर सकता है तो मैं उसे घर पर आने के लिए निवेदन करता था, ताकि सौरव को कुछ सीखने को मिल सके—कभी कंप्यूटर इंजीनियर, कभी फिजिक्स के प्रोफेसर तो कभी कोई इंग्लिश टीचर—अक्सर मेरे घर पर आते और सौरव को कुछ-न-कुछ सिखा जाते। इसके अलावा जहाँ भी सौरव को पढ़ाने के लिए कोई बुलाता तो मैं उसे लेकर वहाँ भी चला जाता था। डी.पी.एस. के बहुत सारे टीचर ऐसे भी थे, जो सौरव को स्कूल के बाद अपने घर पर भी पढ़ाने को तत्पर थे। सौरव के स्कूल में एक टीचर, जो फिजिक्स पढ़ाते थे, द्वारका में रहते थे। वहाँ मैं सौरव को लेकर रविवार को जाता था। मुनिरका से द्वारका आने-जाने में बस से 3 घंटे लग जाते थे। वे बहुत तसल्ली से सौरव को फिजिक्स पढ़ाते। अक्सर अपने कठिन प्रश्न लेकर सौरव उनके यहाँ जाता था।

एक बार सौरव की स्कूल की कंप्यूटर टीचर ने कहा कि सौरव स्कूल में तो कंप्यूटर पढ़ता है, लेकिन इसे घर में भी प्रैक्टिस के लिए कंप्यूटर दिलवाने की जरूरत है। तब मैंने किसी कंप्यूटर इंजीनियर से कंप्यूटर की कीमत पता की तो पता चला कि कंप्यूटर तो 50,000/- रुपए में आएगा। मैं तो सुनकर हैरान रह गया—इतना पैसा! मैंने सोचा, 10,000/- रुपए तक होगा, तो मैं खरीद दूँगा, लेकिन इतना महँगा तो मैं नहीं खरीद सकता था। तब फिजिक्स के जो टीचर द्वारका में रहते थे, उन्होंने सुझाया कि मैं सुलभ जाकर डॉ. विन्देश्वर पाठक से इस बारे में बात करूँ। सुलभ

में डॉ. विन्देश्वर पाठक को सभी लोग 'फाउंडर साहब' बुलाते हैं। मैं और सौरव उनसे मिलने सुलभ गए। वहाँ उन्हें सारी बातें बताईं। फाउंडर साहब ने 60,000/- रुपए दिए और बोले, ''आप सौरव के लिए कल कंप्यूटर खरीद लीजिए।'' मेरे मुँह से तो बस धन्यवाद ही निकल पाया, पर मेरे हृदय से लाखों-करोड़ों आशीष उनके लिए निकले। सौरव के फिजिक्स सर सुरेश जी को ही मैंने कंप्यूटर खरीदने के लिए कहा। वे हमें अगले रविवार नेहरू प्लेस लेकर गए। उन्होंने वहाँ हमें कंप्यूटर खरीदवा दिया। घर लाकर कंप्यूटर सेट करवा दिया गया। सौरव कंप्यूटर को देखकर बहुत खुश हुआ। उसने हमें तरह-तरह की चीजें कंप्यूटर में दिखाईं। मैंने सौरव को एक बात की सख्त हिदायत दे दी कि इस कंप्यूटर में कोई गाना-फिल्म नहीं चलनी चाहिए, क्योंकि सर ने बता दिया था कि इसमें गाना और फिल्म भी देख सकते हैं। मैंने सौरव को स्पष्ट कर दिया कि कंप्यूटर से पढ़ाई-लिखाई का जो भी सीखना है, सीख लेना; पर गाना और फिल्म का कभी नाम भी मत लेना। दरअसल, इन सबसे मुझे कोई लगाव नहीं था। मुझे सिर्फ यह लगता ही नहीं था, मालूम भी था कि इन सभी चीजों से पढ़ाई पर बुरा असर पड़ता है। मैं खुद 10वीं के बाद दोस्तों के साथ बहुत फिल्में देखता था। मुझे हर वक्त लगता रहता था कि इसी कारण मैं जीवन में बहुत पीछे रह गया। न कोई नौकरी कर पाया, न किसी क्षेत्र में कोई नया काम कर पाया। मेरे अपने विचार में, मैं हर तरफ से सौरव को इन सभी चीजों से दूर रखना चाहता था। मैंने कसम खाई कि मैं अपने बच्चे को टी.वी. तभी लाकर दूँगा, जब वो नौकरी करने लगेगा।

पर ऐसा भी नहीं था कि मैंने सौरव को सिर्फ पढ़ाई करने के लिए ही मजबूर कर दिया। मैंने उसे उसकी स्वाभाविक शैतानियों

को विकसित करने के लिए बहुत अवसर दिए। इसलिए सौरव सिर्फ पढ़ाकू बनकर नहीं रह गया, बल्कि वह एक पढ़ाकू और शैतान बच्चा बनता चला गया। एक बार का मजेदार किस्सा सुनाता हूँ। एक दिन मैं शेव करके रेजर वाशबेसिन पर रखकर पान खाने चला गया। सौरव पढ़ रहा था, घर में कोई नहीं था। सौरव धीरे से उठकर आया और रेजर उठाकर शीशे में देखकर उसने अपनी आई ब्रो यानी भौंह काट ली। काटने के दौरान खून भी निकल आया था। तब डर के मारे उसे छोड़कर पढ़ने लगा। थोड़ी देर बाद जब सौरव की माँ बाजार से आई तो वह उसका खून निकलते देखकर बहुत डर गई। तब माँ के पूछने पर उसने पूरी बात बताई। एक तरफ की भौंह तो पूरी छिल गई थी। देखने में भी शक्ल अजीब लग रही थी। सब हँस भी रहे थे और परेशान भी थे। सौरव की भी हालत ऐसी ही थी। तभी हमारे एक जान-पहचान वाले हमारे घर आए। उन्हें मेरे बच्चे बिहारी अंकल कहते थे। उन्होंने सौरव की माँ से कहा, ''एक आई ब्रो पेंसिल बाजार से लेकर, इसकी भौंह बना दीजिए, थोड़ा ठीक लगेगा।'' सौरव को भी उन्होंने समझाया कि अगर कोई पूछे कि ये क्या हुआ तो बोल देना कि जब मैं सो रहा था तो मेरे छोटे भाई ने मेरी भौंह रेजर से काट दी। तब से जब कभी सौरव के स्कूल के बच्चे सौरव के छोटे भाई गौरव को स्कूल में देखते तो वे हँसने लगते थे। इस तरह की कई शरारतों से सौरव का बचपन भरा हुआ है।

मैंने अपने बाकी तीन बच्चों को भी स्कूल में दाखिल करा दिया था। वे पढ़ने लगे तो घर में पढ़ाई का और गंभीर माहौल बन गया। कुछ दिनों बाद मुझे पीलिया हो गया। मैं छह महीने तक बेड पर रहा। सारे काम अब सौरव की माँ पर आ गए। सौरव की माँ सुबह 4 बजे उठकर सौरव को उठाकर पढ़ने बैठाती। सारे बच्चों

का स्कूल का नाश्ता बनाकर देती। सौरव को स्कूल बस के स्टॉप तक छोड़ती और बाकी तीनों बच्चों को मुनिरका से सेक्टर-6 तक पहुँचाती और फिर लेकर आती।

इसी बीच, सौरव की सातवीं क्लास की शिक्षक-अभिभावक संघ की मीटिंग आ गई। मेरी तबीयत काफी खराब थी। सौरव अपनी माँ को स्कूल ले गया और अपनी क्लास टीचर से कहा कि मेरी माँ को अँगरेजी नहीं आती है, आप हिंदी में बात कीजिएगा। क्लास टीचर ने सौरव की माँ से हिंदी में बात की।

क्लास टीचर–*(सौरव की माँ से)* ''आपका सौरव तो बहुत जीनियस है। यह बहुत आगे जाएगा।''

सौरव की माँ–''मैडम, सौरव की इंग्लिश अब कैसी है?''

क्लास टीचर–''अभी कुछ ही महीने हुए हैं, लेकिन यह बहुत जल्दी सीख रहा है। जिस दिन ये सीख लेगा, उस दिन से यह पीछे मुड़कर नहीं देखेगा।''

सौरव की माँ को क्लास टीचर की इस बात ने इतना सुकून दिया कि वह अपने सिर पर मेरी बीमारी के बाद आए सारे बोझ को भूल गई। उसने सौरव पर और भी ध्यान देना शुरू कर दिया। उधर फाउंडर साहब भी हमारे परिवार और खासकर सौरव के लिए बहुत बड़ी प्रेरणा के स्रोत थे। बीच-बीच में फाउंडर साहब हमें अपने घर बुलाते और हरसंभव मदद करते। वे कहीं भी आते-जाते तो सौरव के लिए गिफ्ट लेकर आते। एक बार वे सौरव के लिए लंदन से घड़ी लेकर आए। सौरव जहाँ भी जाता, उस घड़ी को ही पहनता। वे सौरव को पहली बार दिल्ली के पाँच सितारा होटल भी ले गए। फिर तो बहुत-से ऐसे फाइव-सेवन स्टार होटलों में उन्होंने हम लोगों को घुमाया। हर बड़े आदमी में कुछ ऐसी बात होती है, जो उसे बहुत बड़ा बना देती है। जैसे मैंने अमिताभ बच्चन साहब के बारे

में सुना है कि वे अपने सेट पर मामूली-से-मामूली कर्मचारी से भी बहुत विनम्रता और आदर से पेश आते हैं, उसी तरह मैंने फाउंडर साहब की भी बहुत बड़ी बात यह देखी कि बड़े-बड़े होटलों में वे खाने के लिए जो कुछ भी मँगवाते, सौरव से पूछकर ही ऑर्डर करते थे। उनका इतना स्नेह देना हमारे मन को भर देता था।

एक बार फाउंडर साहब सौरव के लिए छठपूजा का प्रसाद लेकर मुनिरका आए। प्रसाद देने के लिए उन्हें चौथी मंजिल पर चढ़ना पड़ा। वे खुशी-खुशी सौरव के भाई-बहन और माँ से भी मिले। मुझसे मिले तो कुछ नाराज से लगे। मैं भी समझ गया। कुछ क्षण बाद उन्होंने चुप्पी तोड़ी।

फाउंडर साहब-"आपने बताया नहीं कि आप यहाँ रहते हैं। चार बच्चे हैं, दो कमरे में ये कैसे पढ़ेंगे! ऊपर से चौथी मंजिल है, बच्चों-बड़ों सबको आने-जाने में दिक्कत होती होगी। आप कल आकर ऑफिस में मिलिए।"

मैं-"सर, आप सौरव के पीछे पहले ही बहुत पैसा खर्च कर रहे हैं।"

फाउंडर साहब-"जब पौधा छोटा होता है, तब जितना खाद-पानी डालेंगे, उतना अच्छा वृक्ष तैयार होगा।"

उनके कहे मुताबिक, अगले दिन मैं पालम स्थित सुलभ इंटरनेशनल के ऑफिस गया। वहाँ फाउंडर साहब ने अपने सहयोगी मिस्टर माइकल को मुझे शेखसराय, फेज-1 का एक फ्लैट दिखाने के लिए कहा। माइकल जी मुझे शेखसराय ले गए। मैं फ्लैट देखने गया। फ्लैट भीतर से काफी बड़ा था। मेरे चेहरे पर संतुष्टि का भाव आ गया। माइकल जी मुझे देखकर मुस्कराए। यह मेरे भाव पकड़ने की मुस्कराहट थी।

माइकल-"फ्लैट बहुत दिनों से बंद था। आप फिक्र न करें।

कल सुलभ के कार्यकर्ता आकर इसे साफ-सुथरा कर देंगे। फिर आपको चाबी दे देंगे।''

मैं–''ठीक है!''

माइकल जी ने मुझे अपनी कार से मुनिरका तक छोड़ दिया।

दो दिन बाद हमें फ्लैट की चाबी मिल गई। मैं अपने परिवार के साथ शेखसराय, फेज-1 में आकर रहने लगा। यहाँ आकर मैंने पास के स्कूल में अपने बच्चों का ऐडमिशन करा दिया। सौरव के स्कूल की बस तो हमारे घर के नीचे ही आती थी।

नई जगह से सौरव की पढ़ाई का एक और नया दौर शुरू हुआ। पर एक परंपरा मैंने कभी नहीं तोड़ी। मैंने सौरव को कभी भी स्कूल से छुट्टी नहीं करने दी। चाहे उसे कितना ही बुखार क्यों न हो? मैं उसे दवा खिलाकर स्कूल भेज दिया करता था। मुझे लगता था कि अगर एक दिन भी इसका स्कूल छूटा तो यह क्लास में पीछे हो जाएगा। सौरव को हर साल 100 प्रतिशत उपस्थिति का सर्टिफिकेट मिलता था, जो मेरे नियम पर उसके नियमपालन की मुहर थी। सौरव स्कूल में हर तरह की प्रतियोगिता में भाग लेता था। जब सौरव आठवीं कक्षा में था तो डी.पी.एस. स्कूल अपनी वर्षगाँठ मना रहा था। तब स्कूल ने अपने यहाँ एक प्रतियोगिता आयोजित की। दिल्ली के कई स्कूलों को इस प्रतियोगिता में भाग लेने के लिए बुलाया गया था। प्रतियोगिता में सौरव ने प्रथम पुरस्कार प्राप्त किया और अपने स्कूल का नाम रोशन करते हुए मेडल जीता। इस तरह से हिंदी, नागरिक शास्त्र, अँगरेजी तथा अन्य सभी विषयों में भी उसने कोई-न-कोई पुरस्कार प्राप्त किया। सौरव स्कूल में भी अव्वल आता था। उसके क्लास टीचर हर बार सौरव की मार्कशीट पर कुछ-न-कुछ प्रेरणादायक वचन जरूर लिखते थे। अक्सर वे लिखते थे–'जिंदगी में जुटे रहो, किसी से हार न मानो,

प्रयास करते रहो, सफलता अवश्य मिलेगी।' 'जीवन में सदैव आगे बढ़ो, गगन की ऊँचाइयों को छू लो, अपनी कर्मठता से सबका मन जीत लो।'

इस तरह उत्साह और लगन से सौरव की पढ़ाई चलती रही। जब सौरव नौवीं कक्षा में पहुँचा तो रोबोटिक्स में काफी कुछ सीख चुका था। उसे काफी दिलचस्पी थी रोबोट क्लास में। वह स्कूल तथा स्कूल से बाहर जो भी रोबोटिक्स प्रतियोगिता होती, उसमें जरूर भाग लेता।

एक बार डी.सी.ई. यानी दिल्ली कॉलेज ऑफ इंजीनियरिंग में रोबोटिक्स प्रतियोगिता थी। अनेक स्कूल और कॉलेज इसमें भाग ले रहे थे। सौरव ने अपने स्कूल के दो लड़कों, जो 12वीं क्लास के थे, के साथ मिलकर एक रोबोट तैयार किया। उनके रोबोट को डी.ई.सी. में हो रही प्रतियोगिता में तृतीय स्थान मिला। यह इस दिशा में सौरव का पहला ठोस परिणाम था। इसके बाद सौरव

DELHI PUBLIC SCHOOL • R K PURAM

Three students of DPS, R K Puram, Akshu Balwan of Class XII, Saurabh Kumar and Anish Kataria of Class X have brought laurels to the school when they won the third prize in the Robotics Competition held at Delhi College of Engineering on April 2.

Akshu Balwan Saurabh Kumar Anish Kataria

*रोबोटिक्स प्रतियोगिता में विजेता बनने की सूचना दिल्ली पब्लिक स्कूल, आर.के. पुरम्, नई दिल्ली के सूचना-पट्ट पर तस्वीर सहित*

ने पीछे मुड़कर नहीं देखा। दरअसल, पीछे रहना और समय पर काम न करने जैसी आदतें मैंने उसमें पनपने ही नहीं दी थी। जिस दिन स्कूल में सौरव का रिजल्ट आता, उसी दिन मैं स्कूल से कॉपी-किताब खरीद लेता था और घर आकर सभी कॉपी-किताब पर कवर चढ़ा देता था। सौरव साथ में बैठकर पढ़ता रहता था। दो महीने की जब छुट्टी पड़ती मई-जून में, तो उसमें सौरव को मैं गणित, फिजिक्स और केमेस्ट्री मई तक खत्म करवा देता। जून में अँगरेजी, एस.एस.टी. और हिंदी पढ़ाता था। मुझे एस.एस.टी. और अँगरेजी उतनी नहीं आती थी। इन विषयों का मैं टीचर ढूँढ़ लेता, जो उसकी मदद कर दे। हालाँकि मैं एस.एस.टी. उसे हिंदी में समझा देता था और जब टीचर अँगरेजी में पढ़ाते तो वह जल्दी से समझ लेता था।

अब जब सौरव की 9वीं क्लास की छुट्टियाँ हुईं तो मैंने सोचा कि सौरव को कंप्यूटर में C, C++ आदि पढ़वा दूँगा तो ठीक रहेगा, ताकि फिर जब स्कूल में मैडम पढ़ाएँगी तो और अच्छी तरह अभ्यास हो जाएगा। मैं हरदम सोचता रहता था कि सौरव को हर विषय का अच्छा ज्ञान होना चाहिए। दरअसल, आइंस्टाइन ने कहा था कि अगर उसने नागरिक शास्त्र पढ़ा होता तो उसे मानव-मूल्यों के बारे में जानकारी होती और वह कभी भी मानव-जाति को हानि पहुँचानेवाली एटम बम की थ्योरी नहीं देता। मैं भी कुछ ऐसा ही सोचता था। लिहाजा सौरव के लिए कंप्यूटर कोचिंग का पता लगाने लगा तो मुझे किसी ने बताया कि मालवीय नगर के पास शिवालिक नामक जगह है, वहाँ पर कंप्यूटर का एक अच्छा कोचिंग इंस्टीट्यूट है, उसका नाम निट है, आप सौरव को वहीं ले जाकर C, C++ सिखा दीजिए। मैं सौरव को निट इंस्टीट्यूट ले गया। वहाँ उन्होंने बात करने के बाद सौरव को फीस में काफी छूट दे दी। सौरव ने वहाँ से C, C++ सीख लिया।

सौरव के साथ-साथ मैं भी जिंदगी के नए सबक सीख रहा था।

सौरव में अगर लगन थी तो उसके आसपास के समाज की पूरी शक्ति भी उसके प्रयासों को बल देने के लिए उपलब्ध थी। समाज को हम अक्सर संकीर्णता का ताना देते हैं, पर इसी समाज में सज्जन लोगों की भलाई भी इतनी अधिक है कि उसके सहारे हमारे जैसे बहुत-से लोगों के जीवन में चमत्कार हो रहा है, जो वैसे संभव नहीं है। सौरव को हर शिक्षक या अपने क्षेत्र का काबिल जानकार व्यक्ति दिल्ली में भी मदद करने के लिए तैयार था। बिहार में तो मैं यह देख ही चुका था। सौरव की अँगरेजी की टीचर साकेत में रहती थीं। उन्होंने मुझसे कहा कि आप सौरव को छुट्टी में मेरे पास भेज दीजिएगा, मैं पढ़ा दूँगी। उनका नाम अतिका दयाल था। वे सौरव को काफी मानती थीं। वे सौरव की अँगरेजी हर तरह से ठीक करने का प्रयास करती थीं। मैं छुट्टी में सौरव को साकेत छोड़ देता। सौरव जब तक मैडम के पास पढ़ता, तब तक मैं इधर-उधर घूमता रहता, फिर छुट्टी के समय उसे लेकर घर आ जाता।

मेरी एक आदत थी, जैसे ही सौरव स्कूल से घर आता, हम सभी लोग मिलकर एक साथ खाना खाते। तब मैं सौरव से उसके स्कूल में क्या-क्या पढ़ाई हुई, कौन-सा विषय कितना समझ आया, अगर टेस्ट था तो कितने नंबर आए, यह सब पूछता था। मुझे पता था कि सौरव अँगरेजी के कारण कम नंबर ला रहा था, इसलिए मैं उसका उत्साह बढ़ाने में लगा रहता। जब सौरव खाने के बाद सो जाता, तो मैं उसके आगे बढ़ने के लिए अपने प्रयास तेज करता। अगल-बगल में इंजीनियरिंग के बहुत-से विद्यार्थी रहते थे, जो इंजीनियरिंग की तैयारी करते थे। मैं उनके पास जाता और उनसे योग्य और समर्थ शिक्षकों के बारे में पूछता। उनमें से कुछ से मैं बात करता और सौरव को उनके ज्ञान का लाभ दिलाता।

सौरव खुद भी पूरी तपस्या करता था। वो यहाँ दिल्ली में भी 4 बजे सुबह उठकर पढ़ता। मैं पास में बैठता था। सुबह 4 बजे हर किसी को अच्छी नींद आती है। लिहाजा जानकीनगर की ही तरह, मैं उसे गणित का सवाल करने के लिए देता। अगर स्कूल में कोई टेस्ट होता तो वह गणित के सवाल हल करने के बाद टेस्ट के पाठ को याद करता था। तब तक सौरव की माँ सौरव के लिए चने का सत्तू बनाकर लाती और साथ में पानी के साथ हॉरलिक्स, जो उसे पसंद था।

सौरव की माँ नाश्ता बनाने चली जाती तो मैं सौरव की स्कूल ड्रेस निकालता। अगर वह प्रेस नहीं होती तो मैं प्रेस करता, उसके जूतों में पॉलिश करके उसके पास रख देता। उसका टाइम-टेबल देखकर किताब-कॉपी उसके बैग में रखता, ताकि इन सभी चीजों की वजह से उसका पढ़ाई में हर्जा न हो। इसके बाद वो जो भी याद करता, मैं उसे लिखने के लिए कहता था, ताकि मुझे पता चल जाए कि उसे कितना याद हुआ, कितना नहीं। सौरव के स्कूल चले जाने के बाद मैं उसके लिखे गए उत्तर को चेक करता और जो गलती होती, मैं उसे ठीक करके रखता।

सौरव जब स्कूल से आता, तब मैं उसे याद कराता कि कौन-सा विषय पढ़ना है। उसकी टेबल पर किताब-कॉपी रख देता, ताकि दोपहर में सोकर उठने पर उसे याद रहे कि उसे किन विषयों को पढ़ना है। इसके बाद, वह स्कूल का होमवर्क और स्कूल में दिए गए विषयों को याद करता था।

इस तरह समय बीतता गया। सौरव का जन्मदिन आ गया। मुझे जन्मदिन को पर्व की तरह मनानेवाली संस्कृति पसंद नहीं थी। सौरव ने घर आकर कहा कि उसके दोस्त पार्टी माँग रहे हैं। मैंने उसे समझाया कि पढ़ाई में ध्यान दो, इस बार दसवीं क्लास है।

*सौरव (प्रथम) अपने भाई-बहनों गौरव, पायल और प्रीति के साथ*

जन्मदिन का हो-हल्ला बेकार का है। मैंने उसे हकीकत समझाई कि ये सब पैसेवालों के शुरू किए गए चोंचले हैं, हम लोगों के लिए नहीं हैं। हमारे यहाँ तो जन्मदिन का मतलब परिवार के सब सदस्यों का मिल-बैठकर घर में बनाकर अच्छा खाना-पीना ही होता है। इसके बाद सौरव ने कुछ नहीं कहा। लेकिन सौरव की माँ ने उसे चिप्स और पेप्सी की बोतल एक मुझसे छिपाकर दे दी। जब सौरव स्कूल से घर आया तो उसने और दिनों की तरह पढ़ाई नहीं की। मुझे लगा कि ये आज स्कूल में दोस्तों के साथ अपना जन्मदिन ही मना रहा था। मैंने इसपर काफी गुस्सा भी किया। पहले तो वह कुछ उदास हुआ, पर फिर उसके चेहरे पर शांति का भाव आ गया। उस दिन के बाद से उसने इन सभी चीजों में ध्यान देना बिल्कुल बंद कर दिया।

सौरव जब 10वीं क्लास में था, तब वह महज 12 साल का था। उसी समय, इंटेल कंपनी के मुख्य कार्यकारी अधिकारी, सी.ई.ओ. डॉ. क्रेग बैरेट ने अपना 63वाँ जन्मदिन भारतीय बच्चों के साथ

मनाने का मन बनाया था। इसके लिए एक कार्यक्रम आयोजित किया था। सभी स्कूलों से बच्चे चुनकर इस कार्यक्रम में भेजे गए थे। सौरव भी अपने स्कूल से चुना गया था। जब कंप्यूटरों का दिल धड़कानेवाले इंटेल कॉरपोरेशन के सी.ई.ओ. का स्वागत स्कूली बच्चों ने ताज होटल में किया, तो वे भाव-विभोर हो गए। वे भी बच्चों का दिल लूटने में लग गए।

फिर शुरू हुआ सपने सुनने और सुनाने का सिलसिला। कोई सितारों के पार जाना चाहता था तो कोई खुद सितारा बनना चाहता था। ये ऐसे सपने थे, जिन्हें साइंस और टेक्नोलॉजी का यह कंप्यूटर युग आनेवाले कल में सच बना सकता है। एक बच्चे की ख्वाहिश थी कि प्रकाश की रफ्तार से भी तेज यात्रा की जाए, ताकि दूसरे ग्रहों पर पहुँचना आसान हो जाए । जितने बच्चे, उतनी कल्पनाएँ और उतनी ही नई तसवीरें। कंप्यूटर के मदर-बोर्ड और माइक्रो-चिप्स से पूरे विश्व को अपने मायाजाल से ढँक देनेवाली कंपनी के सबसे बड़े अधिकारी डॉ. बैरेट कुछ देर के लिए ही सही, बच्चों की इस सपनों की दुनिया में खो गए।

डॉ. बैरेट का कहना था कि सपना देखना जरूरी है। लेकिन उससे भी ज्यादा जरूरी है—चुनौती देनेवाले सपने देखना। उन्होंने एक पते की बात कही कि आज का सपना कल की हकीकत जरूर बनता है। सब लोग उनकी इस गहरी बात को अभी समझने का प्रयास ही कर रहे थे कि इतने में डॉ. बैरेट से एक बच्चे ने पूछा—"क्या टेक्नोलॉजी भगवान् का पता लगा सकती है?"

डॉ. बैरेट दो मिनट रुके और उन्होंने हँसकर कहा—"यह तो मुझे अभी तक संभव नहीं दिखता।" उसी बच्चे ने अगला सवाल किया—"सर, आपकी कामयाबी का सीक्रेट क्या है?" डॉ. बैरेट ने कहा—"बचपन की अच्छी शिक्षा, साफ-सुथरा चरित्र, काम के

# Dare to dream: Intel

By Pallavee Dhaundiyal
Times News Network

With the theme, 'Dare to dream', Intel had recently organised Intel Corporation CEO, Craig Barrett's interaction with children in the Capital. The event was centred on the dreams of young Indian minds to make a better world. Choosing to be a part of the audience, Barrett enjoyed listening to the dreams of the future generation. In all there were five students, from Ramjas School, Mothers International School, Katha Public School and Delhi Public School. Ideas that they shared included: water, a necessity of life and cause of diseases as well; world, population and decreasing space; how can technology change our world; how to go faster than the speed of light; and how to break the language barrier and be united in one single global village.

Most of them were of the opinion that if they have the power to dream, then they have the power to make their dreams come true and with the technology in their hands, nothing can stop a human being to make the earth a better place to live.

Barrett eventually came to the dais to answer a few of the students' queries. While addressing them, he said: "Nothing is impossible provided you have the willpower to do it." Given his passion for education, he said: "Kids must do the best where the education is concerned."

According to Akshat Singhal, a student from Jaipur and moderator for the event, "Although I didn't get a chance to question him, it was fabulous to see Craig Barrett amongst us." Added Shitij of DPS, R K Puram. "The best part was that he gave his visiting cards to all the students."

'द टाइम्स ऑफ इंडिया' में 9 सितंबर, 2002 को प्रकाशित समाचार

प्रति रुझान और ईमानदारी।" यह बात सौरव के मन में कहीं उतर गई। उसने तय कर लिया कि वह बड़ा होकर उन्हीं के जैसा बनेगा। ये सारी बातें 9 सितंबर, 2002 को 'दैनिक जागरण', 'टाइम्स ऑफ इंडिया' तथा और भी न्यूजपेपर में छपी थीं।

सौरव को एक दिन स्कूल में प्रिंसिपल मैडम ने कहा, "तुम अँगरेजी में भाषण दो।" सौरव सही ढंग से भाषण नहीं दे पाया। तब प्रिंसिपल मैडम ने अँगरेजी की मैडम को बुलाया और कहा कि वे अगले सप्ताह यानी सोमवार को असेंबली में सौरव का अँगरेजी में भाषण सुनना चाहती हैं। उन्होंने अँगरेजी की मैडम से सौरव की इरा दिशा में सहायता करने को कहा। अँगरेजी की मैडम ने सौरव को कुछ निर्देश दिए और उनके मुताबिक तैयारी करने के लिए कहा। मैडम ने सौरव को आश्वस्त किया कि कोई परेशानी होने पर वो उनसे संपर्क कर सकता है।

सौरव ने घर आकर मुझे सारी बातें बताईं। मैंने सौरव को समझाया कि तुम अच्छी तरह से भाषण देना, जिससे प्रिंसिपल मैडम को खुशी हो। सौरव अपने ढंग से तैयारी करके गया और सोमवार को भाषण दिया, जिससे प्रिंसिपल मैडम बहुत खुश हुईं और उन्होंने सौरव को शाबाशी भी दी।

इसके बाद प्रिंसिपल मैडम ने भाषण दिया। इसमें उन्होंने सौरव को लेकर अपनी सोच में आए बदलाव का पूरा जिक्र किया। उन्होंने बताया कि जब सौरव गाँव से आया था और उन्होंने उसका ऐडमिशन लिया था तो स्कूल की कुछ टीचर कहती थीं कि न जाने प्रिंसिपल मैडम ने किस बंच्चे का ऐडमिशन ले लिया? यह लड़का अँगरेजी बोलना तो दूर, इसे तो ढंग से अँगरेजी पढ़ने-लिखने भी नहीं आता। कोई मैडम कहती कि यह लड़का क्लास के साथ चल पाएगा कि नहीं, इसका भी भरोसा नहीं है। लेकिन मुझे इस लड़के

पर पूरा भरोसा था कि यह सफल होगा। और आज इसने वह कर दिखाया है। मुझे तो विश्वास नहीं हो रहा है कि जिस सौरव को मैंने ऐडमिशन दिया था, यह वही सौरव है। शायद ये कहावतें ऐसे बच्चों के लिए ही बनी हैं–'दृढ़ इच्छाशक्ति हो तो पहाड़-सी ऊँचाई भी बौनी हो जाती है', 'जब मजबूत हो इरादा तो मुसीबतों के रोड़े भी नींव के पत्थर बन जाते हैं'। प्रिंसिपल मैडम से सौरव को सारे स्कूल के सामने मिली सराहना ने एक बार फिर लगन और बुद्धिमत्ता को भाग्य से बड़ा करके दिखा दिया।

इस बीच, सौरव के एग्जाम का रिजल्ट आया तो उसे 89 प्रतिशत अंक मिले। हम सब खुश थे, पर सौरव इससे खुश नहीं हुआ। हिंदी में उसके नंबर कम आने से उसके अंकों का प्रतिशत कम हुआ था। मैंने सौरव को समझाया कि यह कोई बड़ी बात नहीं। 12वीं में इसकी कसर निकाल ली जाएगी। जब सौरव 12वीं में गया तो जैसा कि निश्चित था, उसने साइंस स्ट्रीम चुनी, क्योंकि उसे इंजीनियर बनना था। 12वीं क्लास में वह अपने विषय में अच्छे नंबर लाने लगा। सौरव के फिजिक्स सर रविवार के दिन द्वारका से आकर उसे फिजिक्स पढ़ाते थे। जब वह दोपहर पढ़ाने के लिए आते और अगर सौरव सो रहा होता तो वे उसको नींद से नहीं उठाते, बल्कि वह भी उसी की बगल में सो जाते। फिर जब सौरव उठता, तब वे उठकर उसे पढ़ाते।

इसी तरह, सौरव के स्कूल के ही केमेस्ट्री के एच.ओ.डी. धवन सर थे, जो पंचशील में रहते थे। वे भी सौरव की मदद करते थे। धवन सर का कोचिंग सेंटर था शिवालिक में। अगर सौरव को केमेस्ट्री का कुछ पूछना होता तो मैं और सौरव दोनों बात करते-करते पैदल ही शिवालिक चले जाते और सौरव जब सर से पूछ लेता, तब हम फिर घर वापस आते।

जब सौरव पढ़ाई खत्म कर लेता था, तब वह आधी रात तक

नॉवेल पढ़ता रहता था। सौरव ने नॉवेल पढ़ना 9वीं क्लास से शुरू किया था, ताकि अँगरेजी अच्छी हो जाए। लेकिन नॉवेल पढ़ने की वजह से कभी-कभी वो पूरी रात जग जाता था, जिसके कारण उसे बिल्कुल नींद नहीं मिलती थी। इससे उसकी तबीयत खराब होने लगी। मैंने सौरव पर काफी गुस्सा किया और सारे नॉवेल एक बोरी में बाँधकर रख दिए। मैंने उसे सख्त हिदायत दी कि अब 12वीं के बाद ही नॉवेल पढ़ना। इधर सौरव को बुखार रहने लगा। 101-102 डिग्री बुखार रोज रहता था। स्कूल में दवा लेकर जाता था। जब सौरव की फाइनल परीक्षा होनेवाली थी तो उसकी माँ और मैं दवा और खाना लेकर स्कूल के गेट के बाहर इंतजार करते थे। जब सौरव स्कूल से निकलता तो उसे वहीं पार्क में बिठाकर कुछ खिलाकर दवा खिलाते, फिर उसे घर लेकर आते थे। सौरव को कई डॉक्टरों को दिखलाया। जब तक दवा चलती वो ठीक रहता, जब दवा खाना बंद कर देता तो बुखार फिर चढ़ जाता।

इसी बीच मुझे गाँव जाना पड़ा, 10 दिनों के लिए। मेरे माँ-बाबू जी ने बुलाया था। वहाँ जाकर पता चला कि मेरे अपने लोगों ने ही मेरे घर में चोरी करवा दी थी। माँ-बाबू जी काफी डर गए थे। तब मैं उन दोनों को भी दिल्ली लेकर आ गया। सौरव की तबीयत खराब रहने से उसकी माँ रोती रहती थी। कई टेस्ट करवाए, लेकिन कुछ पता नहीं चल रहा था। सौरव की माँ उसके पास बैठी रहती थी। तेज बुखार आने पर पानी की पट्टी डालकर पूरी रात बुखार उतारती रहती थी। थक-हारकर एक दिन सौरव की माँ ने खुद फाउंडर साहब को फोन किया और सौरव की तबीयत के बारे में बताया।

फाउंडर साहब ने कहा कि चिंता की कोई बात नहीं है, अभी मैं सुलभ से वर्कर को भेजता हूँ, वे सौरव को डॉक्टर को दिखा

देंगे। अगर कोई भी दिक्कत होती है तो आप लोग मुझे फोन कर दीजिएगा। कुछ देर बाद ही सुलभ के वर्कर आए और उसे बतरा हॉस्पिटल ले गए। साथ में मैं और सौरव की माँ भी गए। डॉक्टरों ने उसे देखकर कुछ दवा लिखी। सौरव ने कुछ दिन वहाँ की भी दवा खाई, लेकिन ठीक नहीं हुआ।

मेरा पूरा परिवार सौरव की देखभाल में लगा हुआ था। कोई भी काम करने में मन नहीं लग रहा था। फाउंडर साहब सुलभ के वर्कर को भेजते रहते थे, सौरव को देखने के लिए, न उन्हें कुछ समझ आ रहा था, न मुझे। मुझे लगता था कि भाग्य एक बार फिर मेरे साथ मजाक पर उतर आया है। इस बीच, फाउंडर साहब ने डॉ. भाटिया को भेजा, जो सुलभ में अपनी सेवाएँ देती थीं। वह आकर सौरव को अपोलो ले गईं। वहाँ उन्होंने सौरव को डॉ. टिक्कू को दिखाया। भाटिया मैडम ने डॉ. टिक्कू को सौरव की उपलब्धियों के बारे में सारी बातें बताईं और बताया कि फाउंडर साहब ने भेजा है। जब डॉ. टिक्कू को सौरव के बारे में पता चला तो वे काफी खुश हुए। सौरव को देखने के बाद उन्होंने उसकी पुरानी रिपोर्ट देखी। फिर टेस्ट कराने के लिए और दूसरे दिन टेस्ट रिपोर्ट के साथ आने को कहा। भाटिया मैडम ने सौरव का टेस्ट हाथो-हाथ अपोलो में करवाया। साथ में सुलभ के लोग भी थे। जो भी खर्चा-पानी हुआ, उन लोगों ने दिया। फिर सब घर आ गए। घर में तो कई दिनों से खाना भी नहीं बना था। अगले दिन फिर अपोलो अस्पताल गए। भाटिया मैडम सारी रिपोर्ट लेकर आ गईं। फिर डॉ. टिक्कू के पास ले गईं। डॉ. टिक्कू ने रिपोर्ट देखी। फिर दवा लिखी और दवा कब-कब खानी है, बुखार को नोट करना वगैरह भाटिया मैडम को बता दिया। बीच-बीच में भाटिया मैडम नोट करती रहीं और चार्ट बनाकर

मुझे दिया। सौरव की माँ जो भी खाने के लिए देती, सौरव को अस्पताल में भाटिया मैडम उसे खिलातीं, इसके बाद दवा खिलातीं।

थोड़े दिन तक इस नई दवा को खाने से सौरव की तबीयत में सुधार आने लगा। बीच-बीच में डॉ. टिक्कू से चेकअप करवाने के लिए जाते रहते। सौरव भी पढ़ाई में दोबारा तेजी से जुट गया था, क्योंकि सौरव को 12वीं क्लास में गए हुए 2-3 महीने हो गए थे। उसने छमाही परीक्षा दी। फिर कुछ दिनों बाद ही प्री-बोर्ड था। तभी यह बम हमारे घर में फूटा। सौरव की माँ ने एक तरह से घोषणा करते हुए कहा कि इस बार रहने दीजिए, सौरव परीक्षा नहीं देगा। कई और लोगों ने भी कहा कि सौरव को परीक्षा नहीं देनी चाहिए, क्योंकि अगर रिजल्ट अच्छा नहीं आएगा तो अच्छे कॉलेज में ऐडमिशन नहीं मिल पाएगा।

खूब सोच-विचार करके मैं इस नतीजे पर पहुँचा कि जो होगा, देखा जाएगा, लेकिन सौरव सारे एग्जाम देगा। मैंने सौरव का आई.आई.टी.-जी में क्रैश कोर्स में ऐडमिशन करा दिया, ताकि कुछ रिवीजन भी हो जाए। सौरव को मैं शनिवार-रविवार को आई.आई.टी.-जी की कोचिंग में लेकर जाता था। इसकी क्लास कालूसराय में होती थी। कम-से-कम 8 घंटे का क्लास होता था। बीच-बीच में ब्रेक होता था। लंच टाइम में मैं और सौरव की माँ दोनों उसके लिए खाना लेकर आते। वहीं पास में पार्क था, वहीं बैठकर उसे खिलाते और दवा भी खिला देते थे। फिर क्लास में जो पढ़ाई हुई होती, उसके बारे में मैं पूछता, बाद में वो अपने क्लास में चला जाता था। सौरव के लिए पढ़ाई ही सबकुछ थी। फैशन की उसे कोई ललक नहीं थी। वह एक ही ड्रेस में पढ़ने जाता था। मैंने बचपन से सौरव को यह समझाया था कि जो बच्चा ड्रेस के लिए बहुत सोच-विचार करता है, उसका ध्यान पढ़ाई में नहीं लगता।

उसका दिमाग अपनी ड्रेस में ही उलझा रहेगा। ऐसे में उसका मन पढ़ाई में कैसे लगेगा! हालाँकि सौरव की माँ कहती रहती थी कि एक ही ड्रेस में सौरव कोचिंग इंस्टीट्यूट जाता है, इसे एक-दो ड्रेस और लेकर दे दीजिए, पर मैं साफ मना कर देता। मैं यही कहता कि अभी कोई जरूरत नहीं है, जब पढ़-लिखकर नौकरी करेगा तो वह खुद रोज नई-नई ड्रेस पहनेगा, तुम्हें कहने की जरूरत नहीं पड़ेगी। इसपर वह चुप हो जाती थी।

किसी को कोई भी चिंता हो, मुझे तो बस सौरव के एग्जाम की चिंता थी। 12वीं का एग्जाम कोई मामूली बात नहीं थी। मैं जानता था कि पढ़ाई के आगे सारा संसार झुकता है। आसपास की दुनिया ने मुझे यही सिखाया था। सौरव का एक दोस्त था, वह भी डी.पी.एस. में पढ़ता था और इंजीनियरिंग का छात्र था। उसकी मम्मी का हमारे घर बहुत आना-जाना था। उन लोगों के पास पैसे की कोई कमी नहीं थी। वे अपनी कार से आती-जाती थीं। वो सौरव की पढ़ाई करने का तरीका देखने आती थीं कि वह किस तरह से पढ़ रहा है, उसने अपने दिन को कैसे हिस्सों में बाँटा है, किन विषयों को कितना टाइम देता है, आदि। उन्हें अपने बेटे की पढ़ाई से जुड़ा कुछ भी पूछना होता तो सौरव उन्हें सरल भाव से बता देता।

शुरू में वह हम लोगों की अच्छी मित्र थीं और बहुत मदद करती थीं, लेकिन जब सौरव उनके बेटे से आगे निकलने लगा और उसके नंबर भी अच्छे आने लगे तो उन्हें अच्छा नहीं लगता था। वो सोचती थीं कि उन्होंने अपने बेटे के लिए इतने सारे टीचर लगा रखे हैं, पैसे की भी कोई कमी नहीं है, फिर भी उनका बेटा सौरव से पढ़ाई में पीछे ही रहता है। धीरे-धीरे उनके मन में इस बात को लेकर एक दूरी आ गई।

फिर वह सौरव से मिलने तभी आतीं, जब उनके बेटे को किसी किताब-कॉपी की जरूरत पड़ती।

उनके व्यवहार का यह बदला हुआ पहलू मुझे बहुत साफ-साफ दिखता था और खटकता भी था। उनके मन में हमेशा यह बात रहती थी कि इस बार तो मेरा बेटा सौरव से आगे निकल जाएगा। वो यहाँ तक ईर्ष्या करने लगीं कि उन्होंने मुझसे कहना शुरू कर दिया कि इस बार सौरव का रिजल्ट अच्छा नहीं आएगा, क्योंकि वह तो 10वीं और 12वीं ठीक से पढ़ा ही नहीं। मैं सौरव की बीमारी से हुए उसकी पढ़ाई के नुकसान को जानता था, लेकिन मैंने ठान लिया कि मुझे सौरव की मेहनत को बीमारी की भेंट नहीं चढ़ने देना और उसके रिजल्ट को टॉप पर लेकर जाना है।

जब सौरव के प्री-बोर्ड के एग्जाम खत्म हुए और स्कूल में छुट्टियाँ हो गईं, तब मैंने मार्केट जाकर उस समय जितने भी गेस पेपर और महत्त्वपूर्ण प्रश्नों से जुड़े एसाइनमेंट थे, सब खरीद लिये। मैंने सारे पेपर इकट्ठे करके हर विषय पर खुद पेपर बनाकर सौरव को देने शुरू किए। एग्जाम की तरह 3 घंटे का समय मैं उसे देता था और मैं 3 घंटे उसके पास से हिलता भी नहीं था और जब वह पेपर कर लेता था तो मैं एग्जाम की तरह मार्किंग करता था। सारी मार्किंग उत्तर पुस्तिका में लिख देता था, जिससे उसे उसकी कमी का पता चल जाए। इस तरह से मैंने प्रत्येक विषय के उसके पेपर लेने शुरू किए। कम-से-कम 20 पेपर तो प्रत्येक विषय के लिए ही होंगे।

सौरव की 12वीं की परीक्षा आ गई। उसने 12वीं का एग्जाम दिया। जब रिजल्ट आया तो वो 92 प्रतिशत से पास हुआ। हम सब खुश थे, सौरव भी इस बार उत्साह में था, पर सौरव को मैंने ज्यादा फॉर्म नहीं भरवाए, क्योंकि उसके लिए तैयारी भी बहुत ऊँचे

स्तर की चाहिए थी। मैंने सोचा कि एक बार इंजीनियरिंग का एक एग्जाम दे दे तो पता चल जाएगा, इसे और कितनी तैयारी करनी है! जब सौरव ने इंजीनियरिंग का एग्जाम दिया तो बिरला इंस्टीट्यूट, पिलानी में उसका चयन हो गया, लेकिन आई.आई.टी. में नहीं हुआ। मेरा मन बहुत दु:खी हो गया। मैंने सोचा कि चलो, इस बार आई.आई.टी. के पेपर की ठीक से तैयारी करेगा, फिर अगले साल एग्जाम दे देगा।

इसी बीच, सौरव को लेकर मैं डॉ. टिक्कू के पास रूटीन चेकअप के लिए गया तो उन्होंने रिजल्ट पूछा।

डॉ. टिक्कू–"क्यों सौरव, 12वीं का रिजल्ट क्या रहा?"

सौरव–"92 प्रतिशत सर।"

डॉ. टिक्कू–"अरे! तू तो बेटे, मेरी बिटिया से भी आगे निकल गया। और इंजीनियरिंग का पेपर दिया?"

सौरव–"हाँ सर, दिया था, बिरला इंस्टीट्यूट ऑफ टेक्नोलॉजी ऐंड साइंस, पिलानी में हो गया, लेकिन आई.आई.टी. में नहीं हुआ। मैं चाहता हूँ कि एक साल रुककर, तैयारी करके अगले साल आई.आई.टी. का एग्जाम दूँ।"

डॉ. टिक्कू–"मेरी बात मान लो और सौरव, तुम फिलहाल बिरला इंस्टीट्यूट में ऐडमिशन ले लो। वह बहुत अच्छा इंस्टीट्यूट है। एक साल क्यों बरबाद करना चाहते हो? अगले साल तुम परीक्षा दोगे, पता नहीं क्या होगा! आँखें बंद करके इस इंस्टीट्यूट में ऐडमिशन ले लो। वैसे भी पढ़नेवालों के लिए सभी कॉलेज बराबर होते हैं।"

सौरव का ऐडमिशन बिरला इंस्टीट्यूट में करवा दिया गया। कुछ ही दिनों बाद दिल्ली कॉलेज ऑफ इंजीनियरिंग (डी.सी.ई.) में भी सौरव का नाम आ गया। हमें लगा कि बिरला दूर पड़ता है,

इसलिए हमने डी.सी.ई. में सौरव का ऐडमिशन करा दिया, उसने बिरला इंस्टीट्यूट छोड़ दिया।

## दिल्ली कॉलेज ऑफ इंजीनियरिंग

मैंने सौरव के लिए कॉलेज के आसपास एक कमरा ले लिया। उसमें मैं, सौरव और सौरव की माँ, तीनों रहते थे। सौरव वहीं से कॉलेज जाता था और शाम को घर आता था। इसी कॉलेज में मकान मालिक का बेटा वरुण भी पढ़ता था। वरुण से भी सौरव का अच्छा परिचय हो गया। वरुण तीसरे साल का छात्र था। वरुण ने अपने और दोस्तों से भी सौरव की मुलाकात करवा दी। मैंने वरुण के नेक व्यवहार को देखकर उससे कहा कि तुम सौरव का ध्यान रखना, अभी यह छोटा है, इसे अभी दुनियादारी का ज्यादा पता नहीं है।

2005-06 में सौरव की फर्स्ट ईयर की क्लास शुरू हो जाती है। सौरव के कॉलेज जाने के बाद मैं उसके लिए नए कोर्स पता करने लगा, ताकि उसकी पढ़ाई को और निखार सकूँ। मकान मालिक का बेटा वरुण भी कोर्स कर रहा था, मैंने पूछा तो उसने बताया कि वो रोबोटिक्स कर रहा है।

मैं–"यह कोर्स तुम कहाँ से सीख रहे हो?"

वरुण–"अंकल, मैं नेताजी सुभाष पैलेस जाता हूँ।"

मैं–"कितने दिन का है यह कोर्स?"

वरुण–"अंकल, 1 महीने का कोर्स है।"

मैं–"कितनी फीस लगी?"

वरुण–"10 हजार, अंकल।"

मैं–"आज मुझे लेकर चलना। मैं भी सौरव का ऐडमिशन करवा दूँगा।"

वरुण–"अंकल ठीक है, शाम को चलेंगे। अगर मैं नहीं जा

पाया तो आपको वहाँ का पता दे दूँगा, आप सौरव को लेकर चले जाइएगा।''

मैं–''ठीक है, वैसे मुझे पता दे दो और मैं अभी थोड़ी देर में देख आता हूँ।''

मैंने पता लिया और वहाँ चला गया, साथ में सौरव की माँ भी थी। वहाँ सारी बातें पूछ लीं। सौरव का ऐडमिशन भी करा दिया। फाउंडर साहब ने जो पैसे दिए थे, वे पैसे काम आए। सौरव की रोबोटिक्स की क्लास शनिवार और रविवार को लगने लगी। मैं हर शनिवार-रविवार सौरव को लेकर नेताजी सुभाष पैलेस आने लगा।

एक महीना बीत गया। सौरव की रोबोटिक्स क्लास खत्म हो गई। सौरव को सर्टिफिकेट मिल गया। साथ ही सौरव को हॉस्टल भी मिल गया। मैं और सौरव की माँ ने मिलकर उसके लिए सारा सामान खरीद दिया हॉस्टल में रहने के लिए। हमने हॉस्टल जाकर सारा सामान भी सेट कर दिया। मैं सौरव को हॉस्टल छोड़ आया और किराए का घर भी खाली कर दिया। जब हम वापस आ रहे थे तो सौरव काफी रो रहा था, क्योंकि वह पहली बार घर से, मुझसे और माँ से दूर रहने जा रहा था। सौरव की माँ ने उसे समझा-बुझा दिया और सौरव के रूममेट से उसका फोन नंबर ले लिया। हर दिन सुबह-शाम मैं सौरव को फोन किया करता था। हर शनिवार-रविवार उसे मिलने हम दोनों चले जाते थे। धीरे-धीरे सौरव का मन कॉलेज में लगने लगा। उसके बहुत सारे दोस्त भी बन गए। फर्स्ट ईयर में ही सौरव ने रोबोटिक्स कंपीटिशन में भाग लिया और जीत गया। इसके लिए उसे प्राइज भी मिलनेवाला था। सौरव ने हम लोगों को त्रिमूर्ति भवन बुलाया और वहाँ पर अपने प्रिंसिपल प्रो. पी.बी. शर्मा से मिलवाया, जो वहाँ के डीन थे।

इस तरह से सौरव की कॉलेज की पढ़ाई ने गति पकड़ ली।

*सौरव अपने दोस्तों के साथ साइंस प्रोजेक्ट कार्य में व्यस्त*

सौरव सारे कंपीटिशन में भाग लेता रहता था। फिर साथ-साथ, उसने रिसर्च पेपर भी लिखने शुरू कर दिए। उसका हर रिसर्च पेपर सेलेक्ट हो जाता था। धीरे-धीरे उसके नेशनल और फिर इंटरनेशनल पेपर प्रकाशित होने लगे। अब सौरव का हौसला बढ़ता चला गया। सौरव कॉलेज में दोस्तों के साथ बीच-बीच में शिमला-मनाली भी घूमने चला जाता था, वह भी मोटरसाइकिल से। मुझे पता चला तो मैंने गुस्सा किया कि तुम अभी छोटे हो, इतनी दूर मोटरसाइकिल से मत जाया करो। मैं जानता था कि इन बच्चों में अभी इतना दिमाग नहीं है कि जिंदगी और समय की कीमत समझें। मोटरसाइकिल पर रेस लगाते-लगाते शिमला पहुँच गए, कभी मनाली पहुँच गए। दोस्तों के साथ सौरव का मन मोटरसाइकिल चलाने को करता था, लेकिन उसने मेरे डर से न सीखी और न चलाई।

पर सौरव मौज-मस्ती के साथ पढ़ाई भी खूब करता था। वह हर तरह के रोबोटिक्स कंपीटिशन में भाग लेने की सोचता रहता था। सौरव की डी.पी.एस. के रोबोटिक्स सर से भी बात होती रहती थी।

## ...कॉलेज का सेकंड ईयर

जब सौरव सेकंड ईयर में पहुँचा तो उसी समय डी.पी.एस. में रोबो नाइट्स 2006 कंपीटिशन हुआ। सौरव को उसमें जज बनाकर बुलाया गया। यह बहुत अविस्मरणीय दिन था। जिस स्कूल में आप पढ़ें हों, वहीं के शिक्षकों के साथ आप निर्णायक की भूमिका में बैठने के लायक बन जाएँ, वो भी केवल एक साल बाद तो यह निश्चित ही बड़ी उपलब्धि है।

वह पढ़ाई में भी अच्छा प्रदर्शन कर रहा था। कॉलेज से एक दिन जब सौरव घर आया तो मैंने उससे कहा कि तुम्हें अगर पढ़ाई के लिए विदेश जाना है तो उसके लिए Sect. GRE का एग्जाम देना पड़ेगा। कॉलेज में शनिवार एवं रविवार को छुट्टी होती है, उन दिनों में तुम GRE Class join कर लो, वरना आगे समय नहीं मिलेगा। मैंने उसे ध्यान दिलाया कि उसे रोबोटिक्स क्लास में दाखिला दिलाने की वजह से उसकी पढ़ाई में उसे कितना फायदा मिला। सौरव ने मेरी बात मान ली। उसने कहा कि ठीक है पापा, मैं GRE की क्लास का पता करता हूँ। अगर होगा तो शनिवार एवं रविवार की क्लास को ज्वाइन कर लूँगा।

हालाँकि सौरव कॉलेज में किसी-न-किसी कंपीटिशन की तैयारी करता ही रहता था और साथ में कॉलेज के एग्जाम की तैयारी भी। उसने मुझे और अपनी माँ को एग्जाम खत्म होने के बाद कॉलेज आने के लिए कहा। इसी बीच, एक दिन जब मैं सौरव को देखने कॉलेज गया तो देखा कि सौरव अपने दोस्तों के साथ प्रोजेक्ट बनाने में बहुत ही व्यस्त था। वह उस प्रोजेक्ट को अपने कमरे में ही बना रहा था। चारों तरफ सामान बिखरा हुआ था, बैठने तक की जगह नहीं थी। मैंने सोचा कि ये लोग सोते कैसे होंगे!

खैर, सौरव की माँ ने सारे कमरे को ठीक-ठाक किया। बेड से

चादर गायब थी। तकिए का कोई अता-पता नहीं था। जूते कहीं फेंके हुए, कपड़े चारों तरफ बिखरे हुए। माँ तो सोच में पड़ गई कि पता नहीं, कॉलेज कैसे जाता होगा! अलग-अलग मोजे पहनकर कॉलेज जा रहा था। खाने का कोई ठिकाना नहीं। मैंने और सौरव की माँ ने गुस्सा करके उसे खाना खिलाया, साथ में उसके दोस्तों ने भी खाया।

सौरव के दोस्तों ने बताया कि वह पूरी रात जागकर काम करता है और सुबह कॉलेज एग्जाम देने जाता है। मैंने सौरव को समझाया कि सेहत पर ध्यान दो, पूरी रात जागने की जरूरत नहीं है। पहले कॉलेज का एग्जाम दे दो, फिर आराम से प्रोजेक्ट कर लेना, पर सौरव का एक ही जवाब रहता था कि पापा टाइम नहीं है, जब एग्जाम खत्म होगा तो उसके बाद हम लोगों का प्रोजेक्ट पूरा नहीं हो पाएगा। जितना समझाना था, मैं समझा देता था। फिर हम घर चले आते थे। लेकिन उसे जो करना था, वह करके रहता था। वह बचपन से ही थोड़ा जिद्दी था, खासकर पढ़ाई और कॅरियर को लेकर। एग्जाम खत्म होने के बाद उसने रोबोटिक्स कंपीटिशन में भाग लिया।

इस तरह सौरव कई कंपीटिशन में भाग लेता रहता था। लेकिन अब उसकी सोच बड़ी हो रही थी। वह इंटरनेशनल रोबोटिक्स कंपीटिशन के बारे में सोचने लगा। इसी बीच, सौरव को डी.ए.वी. स्कूल में भी जज के रूप में बुलाया गया। यह पुष्पांजलि इन्क्लेव स्थित डी.ए.वी. स्कूल का इंटर स्कूल रोबोटिक्स कंपीटिशन था। सौरव जब उस स्कूल में गया तो वहाँ के प्रिंसिपल ने उससे रोबोटिक्स क्षेत्र के अपने अनुभवों को स्कूल के शिक्षकों तथा विद्यार्थियों को बताने के लिए कहा। सौरव ने वहाँ अपने अनुभव साझा किए।

रोबोटिक्स के साथ-साथ सौरव की रुचि कंप्यूटर की सिक्योरिटी (हैकिंग) की दुनिया की ओर भी चली गई। वह कंप्यूटर की

D.A.V. Public School

Pushpanjali Enclave (Certified ISO 9001:2000)

DAVPS/PE/SS/2009/

Mr/Mrs Saurav Kumar

Faculty, Computer Engg Deptt.,

Delhi Technological University, India.

Sub: Nomination as Judge.

Sir/ Madam,

The school authorities are grateful to you for sparing your valuable time to act a Judge in SPECTRUM-2009 INTER SCHOOL COMPETITIONS and assess the performance of various candidates in the competitions. It is hoped that you would oblige the school whenever you are requested for such specialized assignments in the future.

Yours faithfully,

(Mrs Sneh Verma)
PRINCIPAL

Principal
D.A.V. PUBLIC SCHOOL
Pushpanjali Enclave,
Pitampura, Delhi-34

Pushpanjali Enclave, Outer Ring Road, Pitampura, Delhi-110034, Ph.: 27018260, 27010377
E-mail : davpushpanjali@yahoo.com, Website : www.davpushpanjali.com

डी.ए.वी. पब्लिक स्कूल, पुष्पांजलि इन्क्लेव, पीतमपुरा, दिल्ली द्वारा आयोजित एक प्रतियोगिता में सौरव को जज के रूप में आमंत्रण का पत्र

बारीकियों, खासकर उसकी सुरक्षा संबंधी मसलों को लेकर नित नई जानकारियाँ जुटाने की कोशिश में जुट गया। विश्व भर में कंप्यूटर हैकिंग, सॉफ्टवेयर की नई खोजों और कंप्यूटर प्रोग्रामिंग के नए तौर-तरीकों को लेकर सौरव 'अपडेट' रहता। इस बीच उसने ईसी-कोनूई से Certified Ethical Hadeec (CEH) का सर्टिफिकेट प्राप्त किया। उसक। पिछले समय में C, C++ का काम उसके इस नए क्षेत्र में खासा मददगार हो रहा था। विशेष तौर पर, C++ की वजह से उसे कंप्यूटर सिक्योरिटी, हैकिंग तथा रोबोटिक्स की तकनीकों को गहराई से परखने का मौका मिला।

कंप्यूटर नेटवर्क सिक्योरिटी तथा हैकिंग की पढ़ाई करते-करते सौरव को कंप्यूटर की कई बारीकियाँ पता चलने लगी थीं। बैंकों की वेबसाइट को सिक्योरिटी के लिहाज से फूलप्रूफ बनाने के लिए सौरव को कई प्रकार की जानकारियों को इकट्ठा करना और उनका सही तरीके से इस्तेमाल करना पड़ता था। इस काम के दौरान उसके सामने पूरी बैंकिंग कार्यप्रणाली और गोपनीय जानकारियाँ भी साफ हो जाती थीं। यह सूचना अगर किसी असामाजिक तत्त्व के हाथ लग जाती तो वह बैंक को बहुत बड़ा नुकसान पहुँचा सकता था। सौरव को इस बिंदु पर आकर अपनी तकनीकी क्षमता और दक्षता का एहसास हो गया। उसने पाया कि चूँकि यह संवेदनशील डाटा है और कल को इसका दुरुपयोग (मिस्यूज) भी हो सकता है, इसलिए उसने गलती की गुंजाइश ही न रहे, ऐसा तय किया। उसने विवेकपूर्ण निर्णय लिया कि वह हैकिंग और सिक्योरिटी मसले से दूर रहेगा। कंप्यूटर उसका पहला प्यार था। उसने रोबोटिक्स से पेंगें बढ़ाने का फैसला लिया। वह इंटरनेशनल रोबोटिक्स कंपिटिशन में भाग लेने की तैयारी करने लगा। अब उसे इसी क्षेत्र में अपनी पूरी ताकत जो लगानी थी।

## ...कॉलेज का तीसरा साल

इधर सौरव का तीसरा साल शुरू हुआ, उधर अमेरिका में जून में रोबोटिक्स कंपीटिशन की घोषणा हुई। कई देश इसमें भाग लेनेवाले थे, क्योंकि यह बहुत उच्च स्तर की अंतरराष्ट्रीय प्रतियोगिता थी। सौरव ने इस बारे में मुझसे सलाह की। मैंने उसका उत्साह बढ़ाते हुए कहा कि अगर वह इंटरनेशनल स्तर का रोबोट बना सकता है तो जरूर बनाए।

सौरव–"पर उसमें भाग लेने के लिए मुझे दो प्रोफेसर के अंडर काम करना होगा।"

मैं–"तुम इसके बारे में अपने प्रिंसिपल से बात करके देखो।"

सौरव–"ठीक है पापा, आज ही शाम को जाकर मैं बात करता हूँ।"

शाम को सौरव कॉलेज के प्रिंसिपल प्रो. पी.बी. शर्मा से मिला।

सौरव–*(प्रिंसिपल से)* "सर, मैं तीसरे साल में पढ़ता हूँ। हम तीन-चार विद्यार्थी मिलकर अमेरिका में रोबोटिक्स कंपीटिशन में भाग लेना चाहते हैं।"

प्रिंसिपल–"ठीक है, तुम लोग तैयारी करो। जो मदद चाहिए, मैं करूँगा।"

सौरव उत्साहित होकर काम करने के लिए एक टीम बनाता है, ताकि व्यवस्थित ढंग से काम हो सके फिर वो दो प्रोफेसर से भी बात करता है, जिनके निर्देशों के तहत वह काम करना चाहता था। वे प्रोफेसर तैयार हो जाते हैं, फिर सौरव और उसकी टीम के साथ मिलकर प्रोजेक्ट पर काम करना शुरू कर देते हैं। डी.सी.ई. कॉलेज प्रशासन उन्हें एक कमरा काम करने के लिए दे देता है। उस कमरे में हर तरह की व्यवस्था की जाती है। सौरव की टीम के सभी साथी सुबह कॉलेज जाते थे और शाम को आते ही प्रोजेक्ट में जुट जाते थे।

रात-भर काम करते रहते थे। जो भी खर्च होता, प्रोफेसर इन्चार्ज से उसकी अनुमति लेनी पड़ती थी। उन्हें कॉलेज से पैसा मिल जाता था, तो काम चल रहा था। साथ-ही-साथ, सौरव अमेरिका में इंटर्नशिप के लिए भी कॉलेजों में अप्लाई कर रहा था। इन्हीं दिनों एक दिन अचानक उसके फूफा (भूमा) यानी मेरी बहन के पति का आगमन हुआ। सौरव भी उनसे मिलने घर आया। हम सभी लोग बैठकर बातें कर रहे थे। सौरव और फूफा की बातचीत शुरू हो गई।

सौरव–*(फूफा से)* ''फूफा जी, अमेरिका की कार्नेगी मेलॉन यूनिवर्सिटी कैसी है? मैं उसमें इंटर्नशिप करना चाहता हूँ।''

फूफा–''वह तो बड़ा इंस्टीट्यूट है। उसमें इंटर्नशिप करना बहुत कठिन है। साथ में पैसा भी बहुत होना चाहिए। उसमें तो बड़े लोगों के बच्चे पढ़ते हैं। तुम उतनी लंबी छलाँग लगाने की मत सोचो।''

सौरव को हतोत्साहित करनेवाली उनकी यह बात अच्छी नहीं लगी और वह उठकर वहाँ से चला गया। थोड़ी देर बाद वह खाना-पीना खाकर कॉलेज चला गया, क्योंकि प्रोजेक्ट का भी काम देखना था। सौरव ने घर से जाने के बाद कॉलेज पहुँचकर सबसे पहले कंप्यूटर ऑन किया। उसे उत्सुकता थी कि कार्नेगी मेलॉन यूनिवर्सिटी में इंटर्नशिप के लिए क्या-क्या चाहिए, उसके मन में लगन लग गई थी। सौरव ने बहुत ध्यान से सारी सूचनाओं को पढ़ा। शर्तें साफ थीं–फर्स्ट डिवीजन से पास होना चाहिए। कम-से-कम पाँच नेशनल और इंटरनेशनल रिसर्च पेपर प्रकाशित होने चाहिए। इसके साथ दो प्रोफेसरों की ओर से संस्तुति-पत्र भी होने आवश्यक थे। सौरव ने शर्तों को पढ़कर अपने प्रो. सी.के. अमन से बात की। उन्होंने संस्तुति-पत्र देने के लिए हामी भर ली। सौरव ने फॉर्म भरकर अमेरिका भेज दिया। वह रिजल्ट आने का इंतजार करने लगा। साथ ही, वह सभी औपचारिकताओं को पूरा करके बड़ी तेजी से अपने

प्रोजेक्ट में लग गया। उसने दिन-रात एक कर दिया। प्रोजेक्ट पूरा होने ही वाला था। सौरव ने आकर मुझसे पासपोर्ट बनवाने के बारे में बात की। उसने कहा कि उसे और उसके दोस्तों को पासपोर्ट बनवाना जरूरी है। इसके लिए मैं किसी सूत्र को जल्दी खोजूँ। मैंने किसी से पासपोर्ट बनवाने के बारे में बात की तो उस एजेंट ने बताया कि जल्द पासपोर्ट के लिए तत्काल अप्लाई करना होगा, जिसके लिए एक क्लास वन ऑफिसर के दस्तखत चाहिए। मैंने सौरव को सारी जानकारी दे दी।

सौरव का दोस्त एक आई.ए.एस. ऑफिसर को जानता था। सौरव ने अपने दोस्त को उससे बात करने के लिए कहा। उसके दोस्त के बात करने पर उस आई.ए.एस. ऑफिसर ने उन्हें कनॉट प्लेस अपने ऑफिस में बुला लिया। अगले दिन दोपहर को सौरव और उसका दोस्त, दोनों आई.ए.एस. के ऑफिस पहुँच गए। संयोगवश लंच टाइम था। अधिकारी ने कहा कि उसका पी.ए. बाहर गया हुआ है। उसके आने पर लेटरपेड पर लेटर लिखा जाएगा। सौरव ने समय की कमी को स्पष्ट करते हुए उस अधिकारी से लेटर का खाका समझ लिया, फिर उसने वह टाइप कर दिया, उन्हीं के ऑफिस में। अधिकारी उसकी कार्यकुशलता से चकित हो गए। उन्होंने तुरंत लेटर पर साइन कर दिए। सौरव ने लेटर लाकर मुझे दिया। मैंने उसे एजेंट को दे दिया। महज पाँच दिन में पासपोर्ट बनकर आ गया। फिर सौरव और उसके साथियों ने वीजा के लिए आवेदन किया। उन्हें तीन दिन के अंदर वीजा भी मिल गया।

इधर सौरव का कार्नेगी मेलॉन यूनिवर्सिटी का रिजल्ट भी आ गया। सौरव को इंटर्नशिप के लिए अमेरिका का बुलावा आ गया। सौरव ने विचार किया कि जब वह रोबोटिक्स कंपीटिशन के लिए अमेरिका जाएँगे, तब वो इंटर्नशिप भी कर आएगा।

एक दिन सौरव और उसके सभी दोस्त मिलकर लैब में काम कर रहे थे कि सौरव के सर प्रो. सी.के. 'अमन' अंदर आए। वे सौरव के दोस्त पुनीत को कुछ काम करने के लिए देकर चले गए। प्रो. साथ में निर्देश दे गए कि इस काम को करके थोड़ी देर में उनके ऑफिस में दे दिया जाए। वे यह भी कहते गए कि यह काम सौरव को भी दिखा देना। पर सौरव और पुनीत अपने काम में इतना मगन थे कि वे सर का काम करना भूल गए। प्रो. 'अमन' अगले दिन गुस्से में आए और पूछा कि उनके काम का क्या हुआ।

सौरव–"सॉरी सर! हम लोग प्रोजेक्ट में इतना व्यस्त हो गए कि हम वह काम भूल ही गए। अभी कर देते हैं, सर।"

प्रो. सी.के. 'अमन'–"तुम लोग अपने आपको समझते क्या हो? मैं चाहूँ तो तुम लोगों को कंपीटिशन में जाने से रोक सकता हूँ!"

यह कहकर गुस्सा करते हुए प्रो. सी.के. 'अमन' अपने कमरे में चले जाते हैं। थोड़ी देर बाद सौरव सर का काम पूरा करके उनके कमरे में जाता है। सर बैठे रहते हैं, बोलते नहीं। सौरव सर के दिए काम को टेबल पर रख देता है और देरी के लिए बार-बार क्षमा माँगता है, पर प्रो. 'अमन' टस-से-मस नहीं होते। निराश होकर सौरव अपने रूम में वापस लौट जाता है।

अगले दिन सौरव की टीम को अमेरिका जाना था। सारे विद्यार्थी तैयार होकर कॉलेज आ जाते हैं। सौरव भी कॉलेज पहुँचता है। तभी प्रिंसिपल सर उसे चपरासी के द्वारा बुलवाते हैं।

डीन–"सौरव, तुम लोग कंपीटिशन में भाग लेने अमेरिका नहीं जा सकते हो।"

सौरव–"सर क्यों?"

डीन–"मुझे पता चला है कि तुम्हारा प्रोजेक्ट पूरा नहीं हुआ है। तुम जाकर क्या करोगे?"

सौरव–"नहीं सर, मेरी टीम बिल्कुल तैयार है।"

डीन–"तुम्हारे सर ने बताया है कि तुम लोगों का प्रोजेक्ट पूरा नहीं हुआ है और अमेरिका में ई-मेल भी कर दिया गया है। वैसे भी प्रो. सी.के. 'अमन' तो अमेरिका जा भी नहीं रहे, फिर तुम लोग अकेले क्या करोगे?"

यह बात सुनकर तो सौरव और उसकी टीम पर मानो वज्र टूट पड़ता है। सौरव और उसके दोस्त प्रो. सी.के. 'अमन' के पास जाते हैं।

सौरव–"सर, हम लोगों के प्रोजेक्ट का सामान एयरपोर्ट भी पहुँच गया है। सर, चलिए न!"

प्रो. 'अमन'–"नहीं, मैं नहीं जाऊँगा और न ही तुम लोगों को जाने दूँगा। अगर कोई विद्यार्थी मुझसे बिना पूछे गया तो उसकी डिग्री कॉलेज से रुकवा दूँगा।"

यह सुनकर सारे विद्यार्थी डर जाते हैं। फिर कोई जाने की बात नहीं करता। सौरव सामान को भी एयरपोर्ट से कॉलेज मँगवा लेता है। घर आकर सौरव काफी रोने लगता है। हम लोगों के बहुत मनाने पर वो चुप होता है। सौरव बताता है कि वह इस प्रोजेक्ट के कारण कैंपस प्लेसमेंट तक के लिए नहीं गया, 3-4 महीने से रात को ठीक से सोया भी नहीं और अब जब प्रोजेक्ट बनकर तैयार हुआ तो कॉलेज वालों ने जाना ही कैंसिल कर दिया।

मैंने सौरव को काफी समझाया कि जो हो गया, उसे छोड़ दो, आगे बढ़ने के बारे में सोचो। तुमने मेहनत की, कुछ तो सीखा। मेहनत कभी बेकार नहीं जाती, यह जरूर तुम्हारे दूसरे प्रोजेक्ट बनाने में काम आएगी।

इस झटके से सौरव उबरा भी नहीं था कि दूसरे की तैयारी शुरू हो चुकी थी। अमेरिका के एक जाने-माने कॉलेज में सौरव की

इंटर्नशिप तय हो गई थी। जब यह बात प्रो. सी.के. 'अमन' को पता चली तो उन्होंने उस कॉलेज में सौरव के बारे में गलत सूचना भेज दी।

लेकिन जिसपर भगवान् की कृपा होती है, उसका कोई कुछ बिगाड़ नहीं पाता। उस यूनिवर्सिटी के प्रोफेसरों ने सोचा कि जो प्रो. सी.के. 'अमन' कुछ दिन पहले सौरव के बारे में इतना अच्छा लिख रहे थे और अब वे मना कर रहे हैं तो इसमें जरूर कुछ गड़बड़झाला है। इसलिए अमेरिका के प्रोफेसरों ने सोच-विचार कर सौरव को इंटर्नशिप के लिए बुला लिया।

लेकिन अमेरिका में कंपीटिशन में न जाने की वजह से सौरव का मन काफी टूट चुका था। हालाँकि मैंने उसे हौसला दिया कि तुम्हें इंटर्नशिप के लिए जाना होगा। मैंने उसे समझाया कि वैसे भी कॉलेज में तीन महीने की छुट्टी है, इसमें तुम्हारी इंटर्नशिप आसानी से हो जाएगी। छुट्टियों में कभी भी खाली बैठने या खराब न करने की जिस सीख के बीज मैंने उसमें बचपन में डाले थे, वह अब बहुत काम आए। सौरव, जो अपने प्रोफेसर के व्यवहार से बिल्कुल निराश हो गया था, सिर्फ छुट्टियों के समय का सदुपयोग करने के प्रेरणा-भाव से अमेरिका के लिए तैयार हो गया।

सौरव की मनःस्थिति को और भी मजबूत करने के इरादे से मैंने खूब सोचा तो मुझे समझ आया कि इस समय उसे किसी प्रभावशाली व्यक्तित्व के स्नेह और विश्वास का संबल चाहिए। मैं अगले दिन सौरव को सुलभ इंटरनेशनल के फाउंडर साहब डॉ. विन्देश्वर पाठक से मिलाने उनके ऑफिस ले गया। मैंने सारी बातें उन्हें खुलकर बता दीं।

फाउंडर साहब—"सौरव, तुम इंटर्नशिप करने के लिए चले जाओ, यहाँ रुकने का अभी कोई फायदा नहीं है। मैं अमेरिका जाने का प्रबंध करता हूँ।"

बस एक बार फाउंडर साहब के इतना कहने की देर थी कि सौरव का मन दोबारा से जीवंत हो गया। फाउंडर साहब ने अपने एक कार्यकर्ता को बुलाया और सौरव के अमेरिका जाने का इंतजाम करने के लिए कहा।

कार्यकर्ता–''सर, सौरव का कब का टिकट चाहिए?''

सौरव–''सर, मैं टिकट खुद ले लूँगा, परेशानी की कोई बात नहीं है।''

फाउंडर साहब–''ठीक है।''

असल में वे सौरव के मुँह से इंटर्नशिप जाने के बारे में 'हाँ' सुनना चाहते थे। फाउंडर साहब ने अपने कार्यकर्ता से सौरव के अमेरिका में रहने-खाने का इंतजाम करने के लिए निर्देश दे दिए।

सौरव ने फाउंडर साहब के कार्यकर्ता को अमेरिका से आई ई-मेल का प्रिंट दे दिया, जिसमें रहने और खाने-पीने का पूरा चार्ट था। कार्यकर्ता ने सौरव से उसका एकाउंट नंबर ले लिया। कार्यकर्ता ने सौरव को आश्वस्त कर दिया कि कल तक पैसा उसके एकाउंट में आ जाएगा। फिर उन लोगों ने टिकट के पैसे भी हमें दे दिए। इसके बाद फाउंडर साहब ने हम दोनों के साथ खाना खाया। फिर हम घर चले आए। फाउंडर साहब जैसी विभूतियाँ अगर समाज को पोषित करना बंद कर दें तो सौरव जैसी न जाने कितनी प्रतिभाएँ गुमनामी की गर्त में यों ही दफन हो जाएँ! शाम तक सौरव का खोया आत्मविश्वास पूरी तरह से लौट आया। शाम को सौरव ने कहा कि वह अगले दिन ही शाम का अमेरिका का टिकट ले रहा है, क्योंकि अब रुकने का कोई फायदा नहीं है। फिर हमने अगले दिन का टिकट करवा लिया। सौरव के जाने की सारी तैयारी हम सभी ने मिलकर कर दी। मुझे अंदर से काफी खुशी थी कि सौरव अमेरिका जा रहा है। सौरव का इंडियन एयरलाइंस का टिकट था।

अगली शाम हम इंदिरा गांधी इंटरनेशनल एयरपोर्ट के लिए एक टैक्सी करते हैं और सारा परिवार मिलकर उसे छोड़ने जाता है। सौरव एयरपोर्ट के अंदर चला जाता है। शीशे के इस तरफ से हमें उसका चेक-इन करना दिखाई देता है। इसके साथ ही यह भी दिखता है कि हमारे परिवार का कोई पहला व्यक्ति विदेश जा रहा है, वह भी उच्च शिक्षा के लिए। मैं मानता हूँ कि यह लाखों-करोड़ों लोगों का एक सपना होता है, पर मेरा यह सपना आँखों के सामने हकीकत बनने जा रहा था।

## अमेरिका

अगले दिन सौरव अमेरिका पहुँचा। उसने शाम को हमें फोन किया। हम सभी लोग तो उसके फोन का इंतजार ही कर रहे थे। कहाँ पहुँचा, रास्ते में क्या रहा, यह सब मन में चल रहा था। लेकिन फोन आने के बाद मन में शांति हो गई। सौरव ने वहाँ पर अपनी इंटर्नशिप मन लगाकर शुरू कर दी। वहाँ के सारे प्रोफेसर सौरव से काफी खुश थे। प्रोफेसर सौरव की काफी मदद भी कर रहे थे।

जब सौरव के फूफा को पता चला कि वह अमेरिका में इंटर्नशिप कर रहा है और वह भी उस कॉलेज में, जिसके लिए उन्होंने सौरव को यह कहकर मना किया था कि उतना ऊँचा सपना मत देखो तो वह हतप्रभ रह गए। उन्होंने मुझसे सौरव का नंबर माँगा। मैं थोड़ा हिचक रहा था। मैं नहीं चाहता था कि फिर कोई सौरव का दिल दुखाए या उसके साथ उलटी-सीधी बात करे। उन्होंने कहा कि उन्हें सौरव से बात करनी है और उससे मिलने भी जाना है। जब उन्होंने खुशी जताते हुए कहा कि सौरव ने बहुत बड़ी उपलब्धि हासिल की है तो मैंने उन्हें उसका नंबर दे दिया।

वह सौरव से बात करके उससे मिलने गए। सौरव ने उन्हें सारा

कॉलेज घुमाया। अपने प्रोफेसरों से भी मिलाया। सभी सौरव से काफी खुश थे। वह जब जाने लगे तो उन्होंने सौरव को अपने घर आने को कहा। सौरव ने कहा कि जब इंडिया वापस जाएगा तो वह उनके यहाँ जरूर जाएगा। सौरव की जब 3 महीने की इंटर्नशिप खत्म हुई तो उसे कॉलेज की ओर से सर्टिफिकेट दिया गया।

सर्टिफाइड इंटर्नशिप खत्म होने के बाद सौरव इंडिया वापस आ गया। सौरव ने आने के बाद पूरी रात जागकर हम सभी को अमेरिका के किस्से सुनाए। अगले दिन से उसका कॉलेज खुलनेवाला था, फिर भी जब वो रातभर जगा रहा तो न हमने उसे टोका और न ही उसने खुद सोने की कोई इच्छा जताई। उसकी उम्र तो ज्यादा नहीं थी, पर समझ से वह अब बड़ा लगने लगा था।

अगले दिन सुबह सौरव कॉलेज के लिए तैयार हो गया। हम लोगों ने भी सौरव का सारा सामान तैयार कर दिया, जो उसे हॉस्टल ले जाना था। फिर टैक्सी बुलाकर दिल्ली कॉलेज ऑफ इंजीनियरिंग चले जाते हैं। वहाँ हॉस्टल में उसका सारा सामान व्यवस्थित करके हम वापस चले आए।

सौरव कॉलेज में अपने सभी दोस्तों से मिलता है। सभी दोस्त उसकी इंटर्नशिप के बारे में पूछते हैं। सब मित्र खुश हो जाते हैं। सौरव से सभी प्रोफेसर भी खुश हो जाते हैं। सबके मन में एक ही बात चल रही थी—चलो, मेरे कॉलेज का कोई छात्र इतनी बड़ी यूनिवर्सिटी में इंटर्नशिप करने गया।

## ...कॉलेज का चौथा साल

अमेरिका से लौटकर सौरव ने कॉलेज जाना शुरू किया था तो सभी प्रोफेसर उससे काफी खुश रहते थे। लेकिन प्रो. 'अमन' सर सौरव से अब भी नाराज ही थे। वे हर तरह से सौरव को परेशान करने की कोशिश में रहते थे, लेकिन सौरव उतना ध्यान नहीं देता

था, वह अपने काम में व्यस्त रहता था। एक दिन सौरव का दोस्त पुनीत उसके पास एक सूचना लेकर आया।

पुनीत–"सौरव, आई.आई.टी. मुंबई में एक इंटरनेशनल रोबोटिक कंपीटिशन होनेवाला है, हम लोग उसमें भाग लें?"

सौरव–"हाँ, ठीक है, कब होनेवाला है?"

पुनीत–"सारे डिटेल इंटरनेट पर दिए हैं। कॉलेज से और भी टीम जा रही है।"

सौरव–"चलो, देखते हैं इंटरनेट पर।"

फिर सौरव इंटरनेट से सारी सूचनाएँ इकट्ठी करने के बाद प्रोजेक्ट बनाना शुरू कर देता है। इस प्रोजेक्ट को वो प्रो. आकांक्षी के नेतृत्व में टीम बनाकर करता है। रोबोटिक कंपीटिशन आई.आई.टी. मुंबई में था। इस टीम में वे चार दोस्त थे–पुनीत, वरुण, कौशिक और सौरव। इन सभी का जो प्रोजेक्ट था, वह था–'रोबोट नेवीगेशन यूजिंग इमेज प्रोसेसिंग'। इस पर इन्हें सर्टिफिकेट तथा अवार्ड भी दिया गया। इस तरह से सौरव का पढ़ाई के साथ प्रोजेक्ट का भी काम चलता रहता था।

कुछ दिनों के बाद सौरव ने नया प्रोजेक्ट बनाना शुरू किया। वह प्रोजेक्ट था–'चालक-रहित कार'। इस बारे में वो अपने दोस्तों से बात करता है।

रोहन–"सौरव, इस प्रोजेक्ट को कहाँ बनाओगे? यहाँ तो कॉलेज में 'अमन' सर कोई कमरा भी लेने नहीं देंगे।"

सौरव–"न दें। तो क्या हुआ, मैं अपने कमरे में बनाऊँगा।"

पुनीत–" 'अमन' सर को पता चल गया तो वह गुस्सा करेंगे।"

सौरव–"क्यों गुस्सा करेंगे! अगर तुम लोगों को साथ देना है तो ठीक है, नहीं तो कोई बात नहीं, मैं खुद कर लूँगा। लेकिन मुझे यह प्रोजेक्ट बनाना है, हर हाल में।"

रात के समय सौरव इसी प्रोजेक्ट के ऊपर कंप्यूटर में प्रोग्रामिंग कर रहा था, अचानक सभी दोस्त कमरे में आ जाते हैं।

सौरव–"क्या बात है, रात के 12 बजे तुम लोग यहाँ!"

रोहन–"सौरव, हम लोग तुम्हारे साथ प्रोजेक्ट में काम करेंगे।"

सौरव–"ठीक है, कल से कॉलेज की क्लास खत्म होने के बाद तुम सभी यहाँ पर आ जाना।"

कौशिक–"यह प्रोजेक्ट हम किस प्रोफेसर के अंडर में करेंगे?"

सौरव–'डॉ. दया गुप्ता मैडम के अंडर में करेंगे।"

सौरव अपना काम शुरू कर देता है। सभी दोस्त मिलकर खूब मेहनत करते हैं। सौरव सभी के लिए खाना भी खरीदकर कमरे में मँगवा देता है। खुद वह कभी-कभी दो दिन तक खाना नहीं खाता। प्रोजेक्ट बनाते वक्त वह जूस या ग्लूकोज पीकर काम चलाता रहता है।

जब प्रो. 'अमन' सर को पता चला कि सौरव खुद प्रोजेक्ट बना रहा है तो उन्होंने मानसिक रूप से उसे प्रताड़ित करना शुरू कर दिया। उन्होंने सौरव और उसके साथियों को कहा कि कमरे में कोई प्रोजेक्ट नहीं बना सकता। इसके बाद उन्होंने उसके कमरे की रात की लाइट कटवा दी। सौरव ने कोई प्रतिवाद नहीं किया। वह फिर दिन में सुबह 5 बजे से 10 बजे तक प्रोजेक्ट बनाता और जब भी कॉलेज के बीच में टाइम मिलता, वह दोस्तों के साथ काम पर लग जाता था। प्रोजेक्ट तो बनाना ही था और उसमें समय भी लगना था, इसलिए उसने कॉलेज की स्ट्रीट लाइट में रात को जागकर प्रोजेक्ट बनाना शुरू किया, जब सब सो जाते थे।

यह प्रोजेक्ट बनाने में सौरव का खुद का पैसा लग रहा था। सभी साथियों के खाने-पीने, प्रोजेक्ट के सारे सामान इत्यादि सबकुछ का इंतजाम सौरव ही करता था। उसका पैसा खत्म हो गया था।

इस परेशानी के दौर में एक दिन सौरव ने अपने दोस्त से बात की।

सौरव–''इस प्रोजेक्ट के बारे में आई.आई.टी. दिल्ली के प्रोफेसर से बात करते हैं। अगर वे कुछ आर्थिक मदद कर दें तो बात बन जाएगी, क्योंकि प्रोजेक्ट बनाने में बहुत पैसा चाहिए। उतना पैसा तो मेरे पास नहीं है।''

कौशिक–''ठीक है, तो आई.आई.टी. दिल्ली के प्रोफेसर से बात करने का जुगाड़ बिठाते हैं।''

सौरव–''मेरी इंटर्नशिप के दौरान आई.आई.टी. दिल्ली के प्रो. एल.के. दास से एक बार बात हुई थी, जब मैं अमेरिका में था। उन्होंने कहा था कि जब तुम इंडिया आ जाओ, तब मुझसे मिलना।''

यह सुनकर सब दोस्त खुश हो गए। सबने कहा कि हम लोग कल सुबह ही चलते हैं आई.आई.टी. दिल्ली।

अब तो सौरव भी खुश हो गया। उसने प्रो. एल.के. दास से मिलने का समय ले लिया।

फिर सभी मिलकर अगले दिन आई.आई.टी. दिल्ली गए। वहाँ पर प्रो. दास से मिले तो उन्होंने कहा कि तुम लोग मुझे एक मॉडल बनाकर दिखाओ। फिर आगे देखते हैं कि क्या कर सकते हैं?

फिर सभी इंस्टीट्यूट आ जाते हैं। वहाँ से सौरव घर आ जाता है। घर आकर वह रात को मुझसे अपने प्रोजेक्ट के बारे में चर्चा करता है। सौरव मुझसे पूछता है कि क्या मैं किसी ऐसे व्यक्ति या संस्था को जानता हूँ, जो इस प्रोजेक्ट में मेरी किसी भी तरह से आर्थिक मदद कर सके? दरअसल, सौरव जानता था कि मैं कई राजनीतिक और सामाजिक रूप से सशक्त लोगों को जानता हूँ, इसलिए उसने ऐसा कहा। मैंने इस दिशा में प्रयास भी आरंभ किया, पर कोई फायदा नहीं हुआ।

अंततः मैंने सौरव से कहा कि अगर तुम्हें मॉडल बनाने के लिए

एक लाख रुपए चाहिए तो फाउंडर साहब को छोड़कर कोई नहीं देगा, तुम्हें उन्हीं से बात करनी होगी।

कुछ देर सोच-विचार के बाद सौरव फाउंडर साहब को फोन लगाता है, वे शाम को उसे 4 बजे मिलने के लिए सुलभ में बुला लेते हैं। सौरव सुलभ जाकर फाउंडर साहब से मिलता है। वह उन्हें प्रोजेक्ट की पूरी जानकारी देता है। वे तुरंत एक लाख रुपए का चेक देते हैं और कहते हैं कि अगर और चाहिए तो बताना।

जब सौरव को पैसा मिल जाता है तो वह कॉलेज आकर काम करना शुरू कर देता है। होली का दिन था। सभी लड़के अपने-अपने घर गए हुए थे। सौरव और उसके दोस्त मिलकर रात को 12 बजे के आसपास स्ट्रीट लाइट के नीचे प्रोजेक्ट बना रहे थे। अचानक इंस्टीट्यूट के प्रिंसिपल प्रो. पी.बी. शर्मा घूमते-घामते वहाँ आ जाते हैं और लड़कों को वहाँ काम करता देखकर ठिठक जाते हैं।

प्रो. शर्मा-"इतनी रात को यहाँ क्या कर रहे हो?"

सौरव-"सर, प्रोजेक्ट बना रहे हैं।"

प्रो. शर्मा-"ठीक है, कल सुबह मुझसे ऑफिस में मिलो।"

सौरव-"ठीक है, सर।"

सौरव अगले दिन प्रिंसिपल शर्मा से मिलने ऑफिस जाता है।

प्रो. शर्मा-"रात में बाहर प्रोजेक्ट क्यों बना रहे थे?"

सौरव प्रिंसिपल सर को सारी बात बता देता है।

प्रो. शर्मा-"सौरव, अगर तुम्हें किसी भी चीज की जरूरत हो तो तुम आकर मुझसे बेझिझक बात कर सकते हो। अगर तुम्हें कोई प्रोफेसर कुछ कहता है तो तुम उसे मुझसे बात करने के लिए कह देना। तुम इतनी मेहनत करते हो तो तुम जरूर सफल होगे अपने काम में! गॉड ब्लैस यू।"

सौरव का मन भर आता है। वह प्रिंसिपल सर के यहाँ से

सीधा अपने कमरे में जाता है। वह अपने साथ प्रिंसिपल सर की मानवीयता को याद करते-करते भावुक हो जाता है। इस बीच प्रो. एल.के. दास का ई-मेल आ जाता है कि इस सप्ताह ही वे मॉडल देखने आ रहे हैं। लेकिन सौरव के पास कॉलेज में प्रोजेक्ट डिस्प्ले करने की जगह तो थी नहीं, इसलिए वह परेशान था, उसने इस बारे में मुझसे बात करने की सोची और वो घर आ गया।

मैं–"जब तुम्हें प्रिंसिपल सर ने कह दिया है तो प्रिंसिपल सर से बात करके कॉलेज में ही दिखा दो।"

सौरव–"नहीं पापा, मैं नहीं चाहता कि मेरी वजह से किसी प्रोफेसर को कॉलेज में परेशानी हो।"

मैं–'फिर तुम कॉलेज के बाहर ही एक रूम लेकर दिखा दो।"

सौरव–"हाँ, यह ठीक है।"

फिर मैंने सौरव के साथ रोहिणी जाकर कॉलेज के पास ही एक कमरा किराए पर ले लिया। सौरव का कोई भी दोस्त नहीं आया। एग्जाम सिर पर थे, सबने कह दिया कि वे नहीं आ सकते। फिर मैं तीन-चार दिनों तक सौरव के साथ रहा। वह पूरी रात काम करता था और सुबह एग्जाम देने कॉलेज चला जाता था। मैं उसके लिए छोटा गैस सिलेंडर ले आया। रात में सौरव का छोटा भाई गौरव भी आ जाता था और सौरव के काम में उसकी मदद करता था। जब सौरव रात में काम करता था, तब मैं और गौरव उसे कुछ बनाकर खाने के लिए देते थे। सौरव कभी रात को 2 बजे खाता तो कभी 4 बजे। मैं गुस्सा भी करता कि तुम थोड़ी देर के लिए सो भी जाओ, सुबह एग्जाम है, लेकिन कहाँ वह बात मानता था। रात में जूस, ग्लूकोज-पानी पीता रहता और काम करता रहता। 2-3 दिन के बाद मैं घर आ गया। वह अपने प्रोजेक्ट पर काम करता रहा। उसका भाई गौरव उसके साथ ही मदद के लिए रुक गया। जब सौरव एग्जाम

देने जाता तो उसका भाई उसके लिए कुछ-न-कुछ बनाकर रखता था। उसे रात को खाना देने के लिए भी साथ में पूरी रात जगता था। गौरव ही उस समय तीन रोल अदा कर रहा था-भाई, माँ और दोस्त का। इसमें भी सबसे बड़ा रोल था-एक मददगार दोस्त का।

प्रोजेक्ट में सामान पकड़ाने के साथ एक आलोचक की तरह सलाह भी देता था। चूँकि सौरव के दोस्त तो आते ही नहीं थे एग्जाम के कारण, इसलिए गौरव पर बड़ी जिम्मेदारी थी।

सोमवार का दिन था। आई.आई.टी. के प्रो. एल.के. दास और कुछ सरकारी अधिकारी प्रोजेक्ट देखने आनेवाले थे। इधर सौरव ने पूरी रात जागकर कंप्यूटर पर प्रोग्रामिंग की। उधर गौरव ने पूरे घर की सफाई की। उसने चाय-नाश्ते का इंतजाम किया और मेहमानों को बिठाने के लिए कुर्सियाँ इधर-उधर से माँगकर लाया। फिर उसने सब चीजों को व्यवस्थित करके घर को चमका दिया।

जब सौरव के दोस्तों को इस मीटिंग का पता चला तो वे कॉलेज से सीधे सौरव के रूम पर आ गए। कुछ देर बाद, आई.आई.टी. दिल्ली के प्रो. एल.के. दास का काफिला भी सौरव के दिए पते पर पहुँच गया। सभी लोगों ने प्रोजेक्ट का मॉडल देखना शुरू किया।

प्रो. दास-*(सौरव से)* ''ये जो चालक-रहित कार है, यह किस तरह काम करेगी, समझाओ?''

सौरव-''यह लेजर किरणों के माध्यम से काम करेगी। गाड़ी में दो कैमरे युक्त यंत्र रहेंगे, जिनपर सारा दारोमदार रहेगा। गाड़ी में स्टोरी कैमरा रहेगा, यह 5 मिनट पहले ही लोगों को सचेत कर देगा।''

प्रो. एल.के. दास अंदर से संतुष्ट हो जाते हैं।

प्रो. दास-''तुम प्रोजेक्ट बनाओ। इस प्रोजेक्ट को बनाने में जो भी पैसा लगेगा, सरकार ही देगी।''

इस तरह से, अब यह प्रोजेक्ट प्रो. एल.के. दास के अंडर चला गया। सौरव की खुशी का कोई ठिकाना न रहा। उसने दोगुने उत्साह से काम शुरू कर दिया। मेहनत और लगन तो सौरव के खून में ही थी, बस उसे जरूरत थी किसी मजबूत वरदहस्त की। प्रो. एल.के. दास के रूप में उसे आई.आई.टी. दिल्ली का सहारा मिल गया तो उसकी रचनात्मकता को सामने आने के लिए हाइवे मिल गया।

उधर जब 'अमन' सर को इस बात का पता चला तो उन्होंने फिर सौरव को परेशान करना शुरू कर दिया। जब सौरव एग्जाम देता तो 'अमन' सर अपने विषय में उसके मार्क्स कम कर देते। इस तरह से किसी-न-किसी तरह से वे सौरव पर दबाव बनाने में लगे रहते थे। पर सौरव ने कभी भी खुलकर मुझसे प्रोफेसर के बारे में कोई शिकवा-शिकायत नहीं की।

इन सब बातों का पता चला सौरव के दोस्त पुनीत से। एक बार वह घर पर आया, तब उसने सारी बातें बताईं प्रो. 'अमन' के बारे में। तब मैं उसी दिन सौरव की माँ को साथ लेकर रोहिणी सौरव के पास गया।

मैं–*(सौरव से)* "तुम्हें प्रो. 'अमन' परेशान करते हैं। तुमने हमें क्यों नहीं बताया?"

सौरव–"पापा, ये सब बात छोड़िए, परेशान होने की जरूरत नहीं है। उन्हें जो करना है, करने दीजिए। बस मैं अपना काम ईमानदारी से कर रहा हूँ, इतना काफी है।"

मैं–"तुमने जो जे.आर.एफ. में ऐडमिशन लिया था, उसका क्या हुआ?"

सौरव–"पापा, समय नहीं निकल रहा था, इसलिए मैंने वो क्लास छोड़ दी।"

मैं–"नहीं, तुम किसी भी तरह शनिवार-रविवार की क्लास

करो। अगर तुम बाहर कभी पढ़ने जाओगे तो फिर भी करना ही पड़ेगा, आज नहीं तो कल। अभी कॉलेज में हो, समय है, किसी तरह जे.आर.एफ. की क्लास ज्वॉइन कर लो।''

सौरव–''ठीक है, मैं कल रविवार क्लास करने पीतमपुरा चला जाऊँगा।''

मैं फिर सौरव के पास 10 दिन के लिए रुक गया। मुझसे जितना होता था, मैं उसकी मदद कर देता था। सौरव की माँ भी उसके पास ही थी। सौरव बीच-बीच में प्रोजेक्ट लेकर आई.आई. टी. दिल्ली जाता रहता था। प्रो. एल.के. दास भी सौरव के काम से बहुत खुश थे।

प्रो. दास–*(सौरव से)* ''अगर यह प्रोजेक्ट पूरा बन जाएगा तो बहुत अच्छी बात है। वैसे, तुमने इस प्रोजेक्ट के बारे में कब सोचा था?''

सौरव–''सर, जब मैं 3 महीने के लिए अमेरिका गया था, तब मैंने इस प्रोजेक्ट को बनाने के बारे में सोचा था।''

प्रो. दास–''ठीक है, अब एक खुशखबरी सुनो। इस प्रोजेक्ट के लिए सरकार ने तुम्हें 10 लाख रुपए की सहायता देने का फैसला किया है।''

सौरव–''सर! यह तो वाकई बहुत खुशी की बात है। सर, इस प्रोजेक्ट को आगे बढ़ाने में आपका बहुत बड़ा योगदान है।''

प्रो. दास–''ऐसी कोई बात नहीं! मुझे तुम पर पूरा भरोसा है। मुझे पता है, तुम जरूर यह प्रोजेक्ट पूरा करोगे और यह प्रोजेक्ट बहुत महत्त्वपूर्ण भी है।''

अब सौरव को एक कार की जरूरत आ पड़ती है, जिसमें वह अपना मॉडल डालकर सेट कर सके। उसने इस बारे में मुझसे बात की। मैंने उसके लिए एक सेकंड हैंड कार ढूँढ़ना शुरू कर दिया।

मैंने कई लोगों से बात की। मुझे पता चला कि एक मारुति 800 सेकंड हैंड कार बिक रही है। मैंने वह कार 30,000 रुपए में खरीद ली। थोड़ी-थोड़ी बचत करते हुए दो-ढाई साल में मैंने यह रकम जोड़ी थी। फिर एक ड्राइवर से वह कार सौरव के कॉलेज तक भी पहुँचा दी। कुछ महीने बाद सौरव ने उस प्रोजेक्ट को पूरा कर लिया और सरकार ने उसे 10 लाख रुपए दे दिए।

अब सौरव का कॉलेज का समय खत्म हो जाता है। सौरव अपने घर शेखसराय वापस आ जाता है और आगे की लाइफ के बारे में सोचना शुरू कर देता है। सौरव जे.आर.एफ. का एग्जाम देता है। उसमें भी उसके बहुत अच्छे नंबर आते हैं। सौरव एक दिन मेरे पास आकर बैठता है। मैं समझ जाता हूँ कि आज वो किसी खास मुद्दे पर बात करना चाहता है।

सौरव–''पापा, मैं आगे एम.एस. करना चाहता हूँ।''

मैं–''विदेश में पढ़ने के लिए पैसे चाहिए। अब हम फाउंडर साहब से नहीं माँग सकते। उन्होंने हमें यहाँ तक पहुँचा दिया। आज के समय में उनके जितना योगदान कौन करेगा? हमारे तो वो भगवान् हैं। मेरे खयाल से, अभी तुम जॉब कर लो। इसके बाद एम.एस. कर लेना, तब तुम्हारे पास कुछ पैसे भी इकट्ठे हो जाएँगे।''

सौरव–''ठीक है। पापा, आप कहते हैं तो मैं जॉब कर लेता हूँ। लेकिन मैं जॉब के साथ रिसर्च भी करना चाहता हूँ।''

मैं–''ठीक है, वैसे एम.एस. करने के लिए कितने रुपए चाहिए?''

सौरव–''पापा, जिस तरह की यूनिवर्सिटी के बारे में मैं सोच रहा हूँ, वैसी टॉप यूनिवर्सिटी में 60 लाख रुपए लगेंगे।''

मैं–''यह तो बहुत ज्यादा है!''

सौरव–''पापा, मैं टॉप यूनिवर्सिटी में एम.एस. करने के लिए

स्कॉलरशिप का एग्जाम दूँगा।''

मैं–''ठीक है, जैसा तुम चाहते हो, वैसा करो।''

सौरव–''पापा, वैसे एक प्रोफेसर हैं, उन्हें मैंने ई-मेल भी किया है। मैं चेक करता हूँ। मैंने रिसर्च के लिए भी उनसे बात की है।''

सौरव ने ई-मेल चेक की। फ्रांस के उन प्रोफेसर ने सौरव को अच्छा रिस्पांस दिया था। सौरव की आशाएँ जगने लगी थीं। इसी बीच, सौरव के डी.सी.ई. कॉलेज के एक पुराने साथी गौरव टाँगरी का सौरव के पास फोन आया। वह गुड़गाँव में एक रोबोटिक्स कंपनी में काम करता था। उसका मन था कि सौरव भी उसकी कंपनी में काम करे। उसकी कंपनी में एक पोस्ट खाली हुई तो उसने तुरंत सौरव को फोन किया। उसने सौरव से बात करके उसके इंटरव्यू की व्यवस्था कर दी।

इधर, सौरव को जिस फ्रांस के प्रोफेसर की ई-मेल का इंतजार था, वह भी आ गई। रात 8 बजे यह मेल आई। सौरव मेरे पास भागता हुआ आया।

सौरव–''पापा, मेल आ गई।''

मैं–''क्या लिखा है?''

सौरव–''लिखा है कि जिस प्रोजेक्ट पर मैं रिसर्च करना चाहता हूँ, उसकी परमीशन कॉलेज से मिल गई है।''

मैं–''यह तो बड़ी अच्छी खबर है।''

सौरव–''अब वे मुझे फ्रांस बुला रहे हैं।''

मैं–''कब?''

सौरव–''जल्द-से-जल्द।''

मैं–''कितने दिन की स्कॉलरशिप मिली है?''

सौरव–''6 महीने की स्कॉलरशिप मिली है। पर वहाँ रहने-खाने में भी बहुत पैसा लगेगा, मैंने पता किया है।''

मैं–"अच्छा! तो फिर कैसे करेंगे?"

सौरव–"मैंने प्रोफेसर साहब से बात की है। उनसे कहा है कि मुझे पैसा कॉलेज से मिल जाता तो अच्छा होता, क्योंकि मेरे पास इतना पैसा नहीं है। मैंने उनको बताया है कि मुझे तो सुलभ इंटरनेशनल वालों ने स्पांसर करके, पढ़ा-लिखाकर यहाँ तक पहुँचा दिया। उनसे मैं अब और नहीं माँग सकता।"

मैं–"यह तो तुमने ठीक किया कि उन्हें सब बता दिया। फिर प्रोफेसर ने क्या कहा?"

सौरव–"प्रोफेसर ने कहा है कि वे कल कॉलेज के डीन से बात करके बताएँगे।"

मैं–"ठीक है, उनकी ई-मेल का इंतजार करते हैं। तब तक तुम अपने दोस्त गौरव टाँगरी के ऑफिस में इंटरव्यू दे आओ।"

सौरव अगले दिन गौरव टाँगरी के ऑफिस जाता है। वहाँ जाकर इंटरव्यू देता है तो सौरव को उसी दिन जॉब लेटर मिल जाता है। सौरव को 35,000/- रुपए प्रतिमाह वेतन की जॉब मिलती है।

जब सौरव घर आकर जॉब लेटर दिखाता है तो हम सभी लोगों को काफी खुशी होती है, लेकिन सौरव के मन में खुशी नहीं थी। जितना वो सोच रहा था, उससे यह बहुत कम था। उसने जॉब ज्वॉइन करने के लिए एक सप्ताह का समय माँग लिया।

उसी रात, सौरव को फ्रांस के प्रोफेसर का भी ई-मेल आ गया। हम सब भी तब सौरव के साथ ही बैठे थे।

सौरव–"पापा! प्रोफेसर साहब ने लिखा है कि उस कॉलेज में मुझे रहने, खाने-पीने तथा रिसर्च के लिए पैसे मिलेंगे। अब वे मुझे जल्द-से-जल्द बुला रहे हैं।"

मैं–"वैसे तो सब ठीक ही लग रहा है, लेकिन तुम इस बारे में एक बार फाउंडर साहब से पूछ लो, क्योंकि आज जो कुछ

भी तुम हो, उन्हीं की वजह से हो। हमने तो तुम्हें जन्म भर दिया, लेकिन तुम्हारा जीवन तो उन्होंने ही बनाया है। हम सिर्फ जन्मदाता हैं, जीवनदाता तो वही हैं। आज तुम्हारे काम-नाम की चारों तरफ धूम है। हमेशा याद रखना, अगर कोई तुम्हारा नाम ले तो उसके पीछे डॉ. विन्देश्वर पाठक के नाम का जिक्र न हो, ऐसा कभी नहीं होना चाहिए।''

सौरव-''पापा, मुझे सब पता है। मैं फाउंडर साहब के लिए जरूर कुछ करूँगा, बस समय आने दीजिए।''

मैं-''ठीक है। तुम सुबह फाउंडर साहब से मिलकर बात कर लेना, अपनी जॉब और फ्रांस के बारे में।''

सौरव-''ठीक है, पापा! वैसे अभी 8 ही तो बजे हैं। आप कहें तो मैं अभी फाउंडर साहब से बात करके उनसे मिलने के लिए कल सुबह का टाइम ले लेता हूँ।''

मैं-''ठीक है, जाकर बात कर लो।''

सौरव फोन पर बात करने चला गया। थोड़ी देर बाद बात करके वह वापस आता है।

सौरव-''पापा, कल सुबह 8:30 बजे फाउंडर साहब ने अपने घर वसंत विहार में बुलाया है।''

अगले दिन सुबह 8:30 बजे हम दोनों उनके घर पर पहुँच जाते हैं।

गेटमैन से कहा कि फाउंडर साहब ने हमें बुलाया है तो वह तुरंत हमें अंदर ले गया।

फाउंडर साहब-''आइए, कैसे आना हुआ?''

मैं-''सर, सौरव की जॉब गुड़गाँव के पास एक रोबोटिक्स कंपनी में लग रही है। और सौरव को फ्रांस में 4 महीने के लिए एक प्रोजेक्ट पर रिसर्च करने के लिए वहाँ के कॉलेज की तरफ से

स्कॉलरशिप भी मिल रही है। सर, क्या करें?''

फाउंडर साहब–*(सौरव से)* ''तुम फ्रांस जाना चाहते हो?''

सौरव–''हाँ सर, मैं फ्रांस में रहकर रिसर्च करना चाहता हूँ।''

फाउंडर साहब–''ठीक है, अभी जॉब मत करो, तुम फ्रांस चले जाओ। वहाँ जाने के लिए जो भी पैसा लगेगा, सुलभ तुम्हें देगा।''

सौरव–''ठीक है, सर।''

फाउंडर साहब–''और कुछ है तो बताओ?''

मैं–''नहीं सर।''

फाउंडर साहब–*(सौरव की ओर देखकर)* ''चलो, ब्रेकफास्ट करते हैं। वहीं बात करते हैं।''

हम लोग फाउंडर साहब के साथ डायनिंग टेबल पर बैठ गए।

फाउंडर साहब–*(सहायक से)* ''सौरव के लिए नारंगी वाली मिठाई लेकर आओ।''

सहायक–''जी सर।''

इस तरह एक घंटे तक हमारी बातचीत हुई।

फाउंडर साहब–''आप 10 बजे सुलभ के ऑफिस पहुँच जाइएगा। सौरव के फ्रांस जाने का पैसा आज ही देना होगा। जितना जल्दी हो, सौरव को फ्रांस जाना चाहिए रिसर्च के लिए।''

फिर मैं और सौरव घर आ जाते हैं। सौरव फ्रांस जाने की तैयारी करता है। मुझे उलटे पाँव ही सुलभ के ऑफिस के लिए निकलना पड़ा, क्योंकि बस का तो कोई टाइम होता नहीं, कभी-कभी तो बस काफी देर इंतजार करा देती थी। सौरव अपनी माँ से खाना बनाने के लिए कुछ सीख रहा था, आलू की सब्जी और चावल। सौरव बोल रहा था कि कभी जरूरत पड़ जाए तो हमें पेट तो भरना आना चाहिए। इससे पहले सौरव ने कुछ दिन पहले छुट्टियों में फ्रेंच कोर्स भी किया। खैर, सुलभ पहुँचते ही मुझे पैसे दे दिए गए और मैं 2

बजे तक घर भी आ गया। मैंने सौरव से कहा कि आज ही टिकट देख लेते हैं कि कब की लेनी है।

मेरे छोटे बेटे गौरव ने मुझे बताया कि साकेत में सलेक्ट सिटी वॉक मॉल है, टिकट बुकिंग वहाँ भी हो जाएगी, वहीं पर चलिए। गौरव के साथ मैं और सौरव वहीं चले गए। वहाँ एक ट्रेवल एजेंसी थी, वहाँ हम लोग अंदर गए।

ट्रेवल एजेंसी प्रतिनिधि–''हाँ सर, बताइए, मैं क्या सेवा कर सकता हूँ?''

सौरव–''मुझे फ्रांस का एक टिकट चाहिए।''

प्रतिनिधि–''सर बैठिए, फ्रांस में कहाँ जाना है?''

सौरव–''ग्रनोबल जाना है, वहीं का एक टिकट बुक कर दीजिए।''

प्रतिनिधि–''कल शाम का टिकट बुक कर दूँ, खाली है।''

सौरव–''हाँ, कर दीजिए।''

प्रतिनिधि–''आप फ्रांस किसलिए जा रहे हैं?''

मैंने उसे सौरव की रिसर्च और प्रोजेक्ट के बारे में सारी बातें बताईं तो वह काफी खुश हुआ। उसने अपने छोटे भाई का नंबर और पता भी दिया, जो फ्रांस में रहता था। ट्रेवल एजेंसी के प्रतिनिधि ने टिकट में भी अच्छा डिस्काउंट कर दिया। साथ में, सौरव को कई किताबें भी दीं। ये किताबें फ्रेंच भाषा में थीं, जिनका अँगरेजी में अनुवाद किया गया था। इन किताबों में फ्रांस के बारे में लगभग सभी महत्त्वपूर्ण जानकारियाँ थीं।

अगले दिन, रात को करीब 12 बजे, सौरव की फ्लाइट थी। हम लोगों ने 10 बजे सौरव को इंदिरा गांधी इंटरनेशनल एयरपोर्ट, टर्मिनल-3 पर छोड़ दिया। कुछ देर बाद हम लोगों ने वहाँ से विदा ले ली। सौरव हमें अपना सामान चेक कराता हुआ दूर से दिख रहा

था। वह एक दूर का सफर तय करके आया था और बड़ी दूर का सफर तय करने जा रहा था। यह उसकी किस्मत की उड़ान का समय था। सबने उसकी ऊँची उड़ान के लिए भगवान् से प्रार्थना की और उनका धन्यवाद किया।

## फ्रांस–दिसंबर, 2009

3 दिसंबर को सौरव फ्रांस पहुँच गया। वहाँ पहुँचने के बाद जिस ट्रेन से सौरव इनरिया जानेवाला था, वह ट्रेन छूट गई, क्योंकि फ्लाइट लेट हो गई थी। सौरव को पूरी रात स्टेशन पर रहना पड़ा, क्योंकि दूसरी ट्रेन इनरिया के लिए सुबह 6 बजे की थी। फिर सौरव सुबह 6 बजे की ट्रेन से ग्रनोबल पहुँच गया। वहाँ पर सौरव को प्रो. जॉन लेने आए थे। प्रो. जॉन उसे अपने घर ले गए। वहाँ से फिर कॉलेज घुमाया और सौरव को सभी प्रोफेसरों तथा प्रिंसिपल से मिलवाया। शाम को प्रो. जॉन उसे अपने घर ले गए। वहाँ खुद खाना बनाकर सौरव को खिलाया। सौरव ने उस रात हमें फोन किया और हम सभी से बात की। उसने फ्रांस के बारे में कई दिलचस्प बातें बताईं।

अगले दिन से सौरव अपने उस रूम में चला गया, जो कॉलेज की तरफ से उसे मिला था। फिर उसने रिसर्च करनी शुरू कर दी। अब वो रिसर्च के काम में इतना डूब गया कि 2–3 दिनों तक रूम में नहीं आता था। वह वहीं कॉलेज में ही रह जाता था। पुरानी आदतों के मुताबिक वो 2–3 दिनों तक खाना–पीना भी नहीं खाता था। जूस पीकर रह जाता था। सौरव की माँ ने सौरव को फ्रांस जाने के समय कुछ बर्तन भी दिए थे, ताकि उनमें चावल और सब्जी बना सके। सौरव कभी–कभी इसमें चावल, दाल, सब्जी बनाकर अपने दोस्तों को खिलाता था। सौरव को रिसर्च में जो पैसा मिलता था, उसे भी

*पेरिस शहर में सौरव*

वह प्रोजेक्ट बनाने में लगा देता था। इसलिए कभी-कभी उसे पैसे की भी बड़ी समस्या आ जाती थी।

इसी बीच एक बार सौरव ने फोन पर बताया कि फ्रांस में क्रिसमस की तैयारी बड़ी धूमधाम से चल रही है। प्रो. जॉन उसे पेरिस भी घुमाने के लिए ले गए थे। वहाँ वह 2-3 दिन रहा। सौरव को प्रो. जॉन ने कहा था कि तुम एम.एस. कर लो, फ्रांस रिसर्च यूनिवर्सिटी से, मैं वहाँ ऐडमिशन में तुम्हारी मदद करूँगा। उन्होंने सौरव को सलाह दी थी कि वह अभी से ही फॉर्म भर दे। वहाँ पर उसे स्कॉलरशिप मिलने की भी पूरी उम्मीद उन्होंने जताई। सौरव ने मुझसे पूछा तो मैंने भी हामी भर दी। फिर सौरव ने फ्रांस रिसर्च यूनिवर्सिटी में ऐडमिशन फॉर्म भर दिया, जिसमें प्रो. जॉन ने उसकी काफी मदद की। इसके साथ, सौरव ने दुनिया की टॉप यूनिवर्सिटी में भी एम.एस. के लिए आवेदन किया था। कुछ ही दिनों में सभी यूनिवर्सिटी के रिजल्ट आनेवाले थे। सौरव का अभी एक महीना बचा हुआ था रिसर्च खत्म होने में। इसी

बीच फ्रांस रिसर्च यूनिवर्सिटी का रिजल्ट आ गया। सौरव को उसमें स्कॉलरशिप भी मिल गई। सौरव ने घर पर फोन करके मुझे बताया तो मैंने ऐडमिशन के लिए हरी झंडी दिखा दी।

सौरव ने फ्रांस जाकर वहाँ सारी व्यवस्था देख ली। अब सौरव के पास फ्रांस रिसर्च यूनिवर्सिटी जाने के लिए 10 दिन बचे थे। सौरव का तो सपना था कि वह दुनिया की टॉप यूनिवर्सिटी में पढ़े। उसने इसके लिए आवेदन भी किया हुआ था। उनमें से एक अमेरिका के कॉर्नेल यूनिवर्सिटी में उसकी स्कॉलरशिप भी हो गई और एम.एस. करने में एक साल की छूट भी दे दी गई। सौरव ने जब घर फोन करके यह सूचना दी तो हम लोग खुश हो गए। सौरव ने जब अपने प्रोफेसर से बात की तो वे बोले कि तुम कॉर्नेल चले जाओ। मैंने भी अपने स्तर पर भारत में कॉर्नेल यूनिवर्सिटी के बारे में कई लोगों से पूछताछ की तो सभी ने बताया कि बहुत ही अच्छी यूनिवर्सिटी है।

सौरव ने जब बताया कि यूनिवर्सिटी की एक साल की फीस 30 लाख है तो हमें आश्चर्य हुआ, पर कई लोगों ने मुझसे कहा कि कॉर्नेल यूनिवर्सिटी में पैसे की बात नहीं है, पैसे के साथ मेरिट भी चाहिए। इसलिए अगर सौरव वहाँ जाता है तो ये बहुत बड़ी उपलब्धि है। पर मेरा दिमाग तो किसी और बिंदु पर अटका था। मेरी आँखों के सामने घूम रही थी–30 लाख रुपए की फीस, ऊपर से रहना, खाना-पीना आदि का खर्च। मेरे एक रिश्तेदार थे, जो अमेरिका में रहते हैं। उनकी केमिकल की कई फैक्टरियाँ भी हैं। वह अमेरिका में 30 साल से रह रहे हैं। सौरव के बारे में जब मैंने उन्हें बताया तो उन्हें विश्वास ही नहीं हुआ। उन्होंने सौरव से कॉर्नेल यूनिवर्सिटी के कागज ई-मेल से मँगवाए देखने के लिए। जब उन्हें लगा कि बात ठीक है, सौरव का ऐडमिशन हो गया है तो उन्होंने पैसे देने से इनकार कर दिया। मुझे बहुत झटका लगा। एक आस जो बँधी थी, वह टूट गई।

हालाँकि हमारे संकटमोचक फाउंडर साहब बार-बार मेरी आँखों के आगे आ रहे थे, पर फाउंडर साहब को कहने की हिम्मत ही नहीं पड़ रही थी। सुलभ के कई लोगों ने कहा कि फाउंडर साहब ने यहाँ तक सौरव को पढ़ाया है तो वह आगे भी मदद जरूर करेंगे। पर फाउंडर साहब से बात करने के लिए मेरा दिल नहीं मान रहा था। जिस आदमी ने इतना किया, उससे और कितना माँगें? वह तो हमारे लिए भगवान् ही हैं, पर भगवान् से हम मन्नत माँग सकते हैं, अपनी मजबूरियाँ दूर करने के लिए दबाव तो नहीं बना सकते।

रात को सौरव का फोन आया।

सौरव–"पापा! छोड़ दीजिए, मैं फ्रांस में ही पढ़ लेता हूँ। ऐडमिशन भी हो गया है, जब पैसा होगा, तब कहीं से भी पढ़ लेंगे।"

मैंने सौरव से तो 'हाँ-हूँ' करके फोन रख दिया, पर मेरा मन दुःखी हो गया। अपनी बेबसी पर रोना आया। मैंने सोचा कि मेरे पास गाँव में जमीन है, उसे बेचकर सौरव को कॉर्नेल पढ़ने को भेज देंगे। हर किसी का कोई-न-कोई सपना होता है। दुनिया की टॉप यूनिवर्सिटी में पढ़ना चाहता है मेरा बेटा। मैं क्यों न उसे पढ़ाऊँ! मैं दो-तीन बार गाँव चला गया। वहाँ जाकर जमीन के सारे कागज देखा। जमीन के सारे कागज बाबू जी अपने ही पास रखते थे। जब जमीन को बेचने की बातचीत की तो पता चला कि उसके पैसे थोड़े-थोड़े करके मिलेंगे।

इस बीच, सुलभ में किसी ने फाउंडर साहब को मेरी इस परेशानी के बारे में बता दिया तो उन्होंने एक आदमी को मेरे घर भेजा मुझे बुलाने के लिए। मैं नहीं था। सौरव की माँ ने मुझे फोन किया। तब मैं घर पहुँचा। अगले दिन फाउंडर साहब से मिलने उनके घर गया।

डॉ. विन्देश्वर पाठक–"सौरव फ्रांस से आ गया?"

मैं–''नहीं, वह 10 दिन में आ जाएगा।''

डॉ. विन्देश्वर पाठक–''सौरव कॉर्नेल यूनिवर्सिटी में पढ़ना चाहता है?''

मैं–''सौरव ने एम.एस. में अप्लाई किया था। उसकी इच्छा थी कि वो टॉप यूनिवर्सिटी में पढ़े। अब लिस्ट में उसका नाम आ गया है।''

डॉ. विन्देश्वर पाठक–''यह यूनिवर्सिटी तो अमेरिका की बेस्ट यूनिवर्सिटी में से एक है। सौरव जरूर वहाँ से एम.एस. करेगा।''

मैं–''सर, एक साल का कोर्स था।''

डॉ. विन्देश्वर पाठक–''सौरव से बोलिए, जल्दी आने के लिए। अपनी रिसर्च का काम खत्म करने के बाद उसे फिर अमेरिका भी जाना है।''

मैं फाउंडर साहब की इस बात के बाद क्या बोलता! वह तो मेरे लिए भगवान् से कम नहीं हैं। मैं उनकी इस कृपा के आगे मूक, अवाक्-सा रह गया। जिस परेशानी ने मेरे रोम-रोम को बींध रखा था, वह उन्होंने कितनी सहजता से खत्म कर दी। उनके घर से उठकर मैं चुपचाप अपने घर चला आया।

सौरव 10 दिन बाद इंडिया आ गया। मैंने सुलभ जाकर सौरव के सभी कागज बनाए, क्योंकि 30 लाख रुपए कोई मामूली बात तो थी नहीं। सारी औपचारिकताएँ पूरी कीं। सौरव भी फाउंडर साहब से मिला। अगले महीने सौरव को अमेरिका जाना था। सौरव ने भी यहाँ से सभी जरूरी फॉर्म और दस्तावेज यूनिवर्सिटी में भेज दिए। सबकुछ करते-करते एक सप्ताह बीत गया। एक रात सब लोग एक साथ बैठे थे। सौरव की अमेरिका की पढ़ाई के बारे में बात चल रही थी। सौरव चुप था। इतने में सौरव ने कहा कि आज फाउंडर साहब की वजह से मैं कार्नेल यूनिवर्सिटी में पढ़ पाऊँगा। इस बार कॉर्नेल

से पढ़ने के बाद मैं उनके लिए जरूर कुछ–न–कुछ करूँगा, जिससे उनकी मेरे ऊपर किए गए विश्वास की मर्यादा स्थापित हो सके।

सौरव इसके बाद अपने कॉलेज डी.सी.ई. गया। वहाँ के प्रिंसिपल प्रो. पी.बी. शर्मा का ई–मेल आया था। वे सौरव से मिलना चाहते थे। सौरव जब प्रो. शर्मा से मिलने गया तो उन्होंने हम सभी लोगों को अपने यहाँ आमंत्रित किया। अगले दिन हमारा पूरा परिवार डी.सी.ई. गया तो हम सभी को प्रो. शर्मा खुद लेकर अपने ऑफिस गए।

प्रो. शर्मा, "आपने जो मेहनत सौरव को पढ़ाने के लिए की, आज वह सफल हो गई। अब यह जरूर कुछ–न–कुछ बड़ा काम करेगा। चलिए, कॉन्फ्रेंस हॉल में चलते हैं। वहाँ हम सभी लोगों का इंतजार हो रहा है।"

जब मैं उस हॉल में गया तो कम–से–कम एक सौ विद्यार्थी इंजीनियर वहाँ उपस्थित थे। बहुत सारे लोग आए थे। चीफ गेस्ट भी थे। हम लोगों को भी वहाँ आगे की कतार में सोफे पर बैठाया गया।

प्रो. शर्मा ने अपने साथ सौरव को बैठाया। फिर सौरव से भाषण दिलवाया। और भी कुछ इंजीनियर विद्यार्थियों ने अपनी बात रखी। फिर प्रो. शर्मा ने भाषण दिया। प्रो. शर्मा ने सौरव के बारे में कहा,

। नवभारत टाइम्स । नई दिल्ली । शनिवार 27 अगस्त

## अन्ना का रोबॉट

अन्ना को समर्थन देने मैदान पर रोबॉट भी पहुंचा। इस पर लिखा था 'अन्ना तेरी शान में, रोबॉट हमारा मैदान में'। इसे उड़ाया भी गया। मैदान में दिख रहे अजब-गजब नजारों में यह काफी खास था। शुक्रवार को भी लोग अलग-अलग रूप बनाकर यहां आए। कोई रावण बना था, तो कोई हनुमान और कोई शंकर जी का रूप धारण करके आया था।



*अन्ना हजारे के आंदोलन के समर्थन में सौरव के रोबोट का समाचार*

''सौरव, मेरी दुआ तुम्हारे साथ है। तुम पवन मिस्त्री से 100 टाइम आगे निकलोगे।'' इसके बाद सौरव को गोल्ड मेडल दिया गया। हॉल में मौजूद सभी विद्यार्थियों ने खड़े होकर तालियाँ बजाईं। अपने बेटे का यह सम्मान देखकर किस पिता का सीना गर्व के मारे फूला नहीं समाता। माँ की तो ममता ही छलक पड़ी। सौरव के भाई और बहन की आँखों में भी खुशी के आँसू छलक रहे थे। समारोह खत्म होने

मंडल विश्वविद्यालय में सेमिनार

# बिहार में प्रतिभाओं की कमी नहीं:कुलपति

मधेपुरा (नि.प्र.)। बिहार में प्रतिभा की कमी नहीं है। आज के परिवेश में प्रतिभा को निखारने वाले व्यक्ति की जरूरत है। यह बातें बीएन. मंडल विवि. मधेपुरा के कुलपति डा. रिपुसूदन श्रीवास्तव ने केंद्रीय पुस्तकालय के सभागार में आयोजित सेमिनार का उद्घाटन करते हुए कहीं। आर्टिफिसियल इंटेलीजेंस एन एनर्जी कटिंग एज टेक्नोलॉजी पर आयोजित सेमिनार के उद्घाटन के क्रम में कुलपति ने कहा कि कोसी का यह इलाका पिछड़ा जरूर है, लेकिन प्रतिभा के मामले में यह इलाका किसी भी क्षेत्र से कम नहीं है। उन्होंने कहा कि कोसी का यह लाल बिहार व देश का नाम रोशन करे, यही मेरी कामना है। कुलपति डा. श्रीवास्तव वैज्ञानिक सौरभ का हौसला भी बढ़ाया।

तीन महीने तक अमेरिका में रिसर्च कर लौटे सौरभ कुमार ने अपने व्याख्यान में बिना चालक का सड़क पर गाड़ी चलाने का शोध पत्र पर विस्तृत चर्चा की। उन्होंने कहा कि लेजर किरण के माध्यम से गाड़ी में दो कैमरा युक्त यंत्र पर ही सारा दारोमदार रहेगा। वैज्ञानिक सौरभ ने कहा कि गाड़ी में स्टेरियो विजन कैमरा रहेगा, जो 5 मिनट पहले ही लोगों को सचेत कर देगा। विदित हो कि जानकीनगर वासी ओमप्रकाश यादव के पुत्र सौरभ कुमार की पढ़ाई सुलभ इंटरनेशनल के संस्थापक डा. बिंदेश्वरी पाठक के संरक्षण में चल रहा है जो फिलहाल दिल्ली में मैकेनिकल व कम्प्यूटर इंजीनियरिंग की पढ़ाई कर रहा है। इस मौके पर विवि. के अधिका[illegible] व कर्मचारी सहित सैकड़ों छा[illegible] छात्राएं भी मौजू[illegible]

सेमिनार में व्याख्यान देते वैज्ञानिक सौरभ

*सौरव द्वारा 16 जनवरी, 2009 को भूपेंद्र नारायण मंडल विश्वविद्यालय, मधेपुरा में व्याख्यान देने का समाचार*

के बाद प्रो. शर्मा ने हमें खाना खिलाया। इसके बाद वे हमें अपनी केबिन में ले गए। वहाँ उन्होंने सौरव को अपने बेटे का फोन नंबर तथा पता दिया, जो अमेरिका में इंजीनियर थे। प्रो. शर्मा ने सौरव को कहा कि अगर अमेरिका में उसके सामने कोई समस्या आए तो वो बेझिझक उनके बेटे से मिल सकता है। प्रो. शर्मा ने विश्वास जताया कि उनका बेटा सौरव की जरूर मदद करेगा। प्रो. शर्मा का धन्यवाद करके और उनसे अनुमति लेकर हम सभी घर आ जाते हैं। घर आकर देखते हैं कि सौरव के दोस्त उसका इंतजार कर रहे थे। सौरव अपने दोस्तों से बातचीत में लग जाता है। उसके दोस्त रामलीला मैदान में अन्ना हजारे के प्रदर्शन के सिलसिले में बात करने आए थे। सौरव ने उनका साथ देने की बात दोहराई। सौरव ने रोबोट बनाकर उड़ाया, जिसके नीचे लिखा–'अन्ना तेरी शान में, रोबोट मेरा मैदान में'। उसका यह रोबोट फोटो के साथ 'नवभारत टाइम्स' में छपा। कई न्यूज चैनलों पर भी दिखाया गया।

सौरव ने बिहार में भी जाकर वर्कशॉप की, जहाँ पर जरूरतमंद बच्चों को शिक्षा और कंप्यूटर आदि के बारे में बताया। बिहार में भी कई न्यूजपेपर में उसका नाम आया। इसके बाद सौरव ने आई.आई.टी. दिल्ली में चल रही एक वर्कशॉप में भी भाग लिया–'डिजाइन ऐंड डेवलपमेंट ऑफ अनमैंड सिस्टम'। इसमें उसे 50,000/– रुपए का चेक मिला और सर्टिफिकेट भी। अब मुझे उस दिन का इंतजार था, जब मेरा बेटा दुनिया की टॉप यूनिवर्सिटी में पढ़ेगा। इसके बाद जरूर कुछ-न-कुछ वह ऐसा करेगा, जिससे वह उन तमाम लोगों का नाम रोशन करेगा, जिन्होंने उसकी जिंदगी को जमीन से उठाकर आसमान तक पहुँचाया। मैं उन आनेवाले पलों की सुनहरी यादों में खोने लगा।

❑

# सारांश

सौरव की कहानी एक जज्बे की महागाथा है। ऐसा जज्बा, जो एक मामूली से तिनके को भी इतना सक्षम बना देता है कि विषम स्थितियों का चक्रवात उसका बाल बाँका नहीं कर सकता। ऐसा जज्बा, जो किसी भी तरह के दुर्भाग्य को व्यक्ति के सुदृढ़ सौभाग्य में बदलने की हिम्मत रखता है। ऐसा जज्बा, जो अपने भीतर गुणों की संपदा को निखारकर सारे संसार के ऐश्वर्य को उसके सामने बौना सिद्ध कर देता है।

सौरव एक बेहद पिछड़े ग्रामीण अंचल से संबंध रखता है। उसके पिता शैक्षणिक रूप से योग्य होने के बावजूद, देश में पसरी सनातन बेरोजगारी के कुचक्र में फँसकर खेती-किसानी को अपनाने की मजबूरी का शिकार हो जाते हैं। जिस पैतृक जमीन को सौरव के पिता बोते और सँवारते हैं, उसके लिए भी उनके माता-पिता के कोड़े लगातार उनपर बरसते हैं, क्योंकि वे नौकरी को ही केवल भाग्य मानते हैं। ऐसी विडंबनाओं में फँसे पति की उनकी पत्नी भी मदद नहीं कर पाती। संवेदनशील होने के बावजूद वे केवल अपनी गृहस्थी को हर पल अनिष्ट की आशंका में सँभालते-सँभालते ही जर्जर हुई जाती हैं। सौरव के भाई-बहन भी अपनी कमजोर आर्थिक स्थिति और साधनहीनता का क, ख, ग पढ़ते-पढ़ते बड़े होते हैं।

पर सौरव के पिता का जीवट उन्हें विषमताओं के सामने ढेर होने की बजाय मुकाबले के लिए योग्य बनने को प्रेरित करता है। वे अपनी जीवनी-शक्ति को सौरव के निर्माण के लिए झोंक देने का संकल्प करते हैं और उसे पूरा करने के लिए खुद बीड़ा उठाते हैं। तड़के 4 बजे से सौरव को शिक्षा देने की उनकी तपस्या आरंभ होती है—एक ऋषि की भाँति और सौरव भी एक आज्ञाकारी शिष्य की भाँति अपने पिता के मार्ग-निर्देशन में कुशल छात्र बनता चला जाता है। न स्कूल की चारदीवारी मिलती है और न कोई पाठ्यक्रम, पर बचपन में सौरव को जो ज्ञान अपने पिता से मिलता है, वह उसकी कभी न डिग सकनेवाली मजबूत नींव का पत्थर बन जाता है। माँ अपने पुत्र को सीमित साधनों में ही पूरी ममता से सींचती है, तो पिता समाज के उलाहनों और तानों के बीच भी सौरव को मछली की आँख की भाँति उच्च शिक्षा का लक्ष्य भेदने के लिए तैयार करने में जुटे रहते हैं। बिहार में जानकीनगर नामक कस्बे में जहाँ इस शिक्षा-यज्ञ की तैयारी चलती है, वहाँ स्वाध्याय और त्याग की ऐसी अग्नि पैदा होती है कि उसकी तपिश पहले पूरे बिहार राज्य में और फिर पूरे देश-देशांतर तक महसूस होने लगती है।

सौरव की प्रतिभा की खुशबू कस्तूरी मृग की भाँति चारों ओर फैलती जाती है। ऐसे में, अग्रणी सामाजिक संस्था सुलभ इंटरनेशनल का सौरव को संरक्षण में लेने का ऐलान कोहिनूर हीरे को सही पारखी मिलने जैसा साबित होता है। सौरव को उसकी प्रतिभा के बूते पर दिल्ली के आर.के. पुरम् स्थित डी.पी.एस. में दाखिला मिल जाता है। 10 साल के सौरव का छठी कक्षा में दाखिला बड़े-बड़ों को चकित कर देता है। दिल्ली से उसे नई उड़ान मिलती है और डी.पी.एस. की प्रिंसिपल डॉ. श्यामा चोना से नए लक्ष्य। रोबोटिक्स में सौरव की रुचि उसकी बोलचाल सब बदल देती है। दिल्ली

कॉलेज ऑफ इंजीनियरिंग के प्रिंसिपल प्रो. पी.बी. शर्मा उसके अघोषित संरक्षक बन जाते हैं। हालाँकि सौरव को हर मोड़ पर आगे बढ़ाने के लिए अनगिनत अड़ोसी-पड़ोसी, मित्र-यार, शिक्षक और प्रोफेशनल तैयार मिलते हैं, फिर भी वह अपने अनुशासन को प्राथमिक मानते हुए, त्याग और संस्कारों का निर्वाह करते हुए आगे बढ़ता रहता है। सौरव अपने काम में इतना मगन हो जाता है कि भूख-प्यास का बोध भी उसे नहीं रहता। हालाँकि ग्रामीण पृष्ठभूमि की वजह से अँगरेजी भाषा की जानकारी तो दूर की बात, उसके समक्ष हिंदी का भी सही उपयोग जानने की चुनौती थी, पर वह इन दोनों चुनौतियों से कहीं ऊपर जाकर अपना मुकाम बनाता है। अगर उसके कर्तव्य-पालन में कोई वरिष्ठ अधिकारी या शिक्षक उसके आड़े भी आया तो भी सौरव ने मर्यादा को महत्त्व दिया, शिकायत को नहीं और अपने श्रम से नए कीर्तिमान स्थापित कर दिए।

सौरव एक शिक्षार्थी के रूप में हर क्षेत्र में विलक्षणता की छाप छोड़ता चला गया। उसने दिल्ली कॉलेज ऑफ इंजीनियरिंग से पढ़ने के दौरान भी विदेशी यूनिवर्सिटी में इंटर्नशिप और कोर्सेज किए। बाद में, उच्च शिक्षा के लिए उसने विश्व के श्रेष्ठतम विश्वविद्यालयों में आवेदन किया और उसकी प्रतिभा को पूरा मान देते हुए उन विश्वविद्यालयों में उसे शिक्षा का अवसर भी मिला। अपने मॉडल को तैयार करने से लेकर विदेशों में उच्च शिक्षा पाने और रहने-खाने के खर्च के लिए सौरव को सुलभ इंटरनेशनल के संस्थापक डॉ. विन्देश्वर पाठक ने हर मोड़ पर मदद की। यह कहना अतिशयोक्ति न होगी कि सौरव की जितनी सहायता डॉ. विन्देश्वर पाठक ने की, अगर वह उसे नहीं मिलती तो सौरव इन ऊँचाइयों तक नहीं पहुँच पाता, जहाँ वो आज है। कॉर्नेल यूनिवर्सिटी में एम.एस. करके सौरव ने विश्व की टॉप यूनिवर्सिटी

में पढ़ने का अपना सपना अगर आज पूरा कर लिया है तो उसके मूल में निश्चित ही समाज के उन सभी श्रेष्ठजनों का योगदान है, जिन्होंने एक ग्रामीण और आर्थिक रूप से अक्षम बच्चे में अपना विश्वास जताया और उसकी उम्मीदों को पंख फैलाने के लिए पूरा आसमान दिया।

❑

# प्रेरक कथन और पुस्तक के कुछ महत्त्वपूर्ण अंश

- अपनी सामाजिक परिस्थितियों की तुलना में अपनी व्यावहारिक आवश्यकताओं पर ध्यान देना उद्देश्य होना चाहिए।
- अच्छी परिस्थितियाँ विकास का माहौल देती हैं। बुरी परिस्थितियाँ विकास के अवसर पैदा करने की बेचैनी देती हैं।
- जब कोई भी आपके साथ न हो तो इच्छाओं को अपना सबसे बड़ा सहारा मानकर, उनकी उँगली थामकर यात्रा शुरू करनी चाहिए।
- जब भी हमारी चाह गहरी हो जाएगी, तकदीर की राह भी साफ हो जाएगी।
- समाज पैसेवाले की मदद करता है, पर उसकी नहीं, जो पैसा कमाना चाहता है।
- अपनी मेहनत और ईश्वर पर विश्वास, दो सबसे बड़े मित्र हैं, जो किसी भी विपदा में हमेशा आपके पास होते हैं।
- आपके बच्चे ही आपके जीवन में आशा की सबसे बड़ी किरण हैं, उन्हें अपने जीवन का प्रकाश बनने में मदद कीजिए।

- पैसा इनसान को बदल देता है, जब यह किसी के पास नहीं होता तो वो जीते जी मर जाता है, पर जब कोई पैसे से मालामाल हो जाता है तो उसका जमीर मर जाता है।
- दर्द भी दवा बन जाता है, जब वो हद से गुजर जाता है। बादल जब घने हो जाते हैं तो बरखा आती है।
- भविष्य का मतलब है–हमारे बच्चे। अगर वो शिक्षा के पैमाने पर सफल हो जाते हैं तो हमारी सफलता को कोई नहीं रोक सकता।
- आपके सपनों को जब कोई आपका अपना भी अपनी आँखों में भर लेता है तो आपकी जिंदगी सार्थक होते देर नहीं लगती।
- बच्चों की पढ़ाई का खर्च हमारे जीवन की आवश्यक पूँजी है। बच्चों की पढ़ाई से बड़ा, किसी भी गृहस्थ का कोई और आवश्यक खर्च नहीं है।
- सपने पूरे करने के लिए अगर पाँव के नीचे की जमीन छोड़नी पड़े तो भी कोई हर्ज नहीं, क्योंकि जल्द ही सर पर नया आसमान मिलनेवाला है।
- भविष्य की ऊँचाई अगर पर्याप्त दिखती है तो वर्तमान के गड्ढों की परवाह नहीं करनी चाहिए।
- संसार को रोशन करने के लिए पहले खुद को शिक्षा की कोठरी में बंद करना पड़ता है, तभी ज्ञान का प्रकाश प्राप्त होता है।
- आलस्य खत्म करना और पढ़ने के लिए भीतर से प्रेरणा देना–किसी भी बच्चे को मेधावी छात्र बनाने के लिए ये दो सबसे बड़ी चुनौतियाँ हैं।
- प्रात:काल उठनेवाले बच्चों को माँ सरस्वती बदले में उच्च

शिक्षा और यश देती हैं।

- बच्चे का मन कच्चा होता है। उसकी पसंद की चीज को अगर उसकी पढ़ाई के बदले में इनाम के रूप में दिया जाए तो वो प्रेरित होकर पढ़ाई करता है, जो बाद में आदत बन जाती है।
- ईमानदारी, लगन और मेहनत ऐसे औजार हैं, जो बंद किस्मत का ताला खोलने में सक्षम हैं।
- किसी का भी हक कभी भी, भूल से भी नहीं रखना चाहिए।
- हर दिन एक संघर्ष है–जीतना ही उस दिन का लक्ष्य होना चाहिए।
- हर पिता यह चाहता है कि उसका बेटा जमाने में किसी से भय नहीं खाए। निडरता का भाव–प्रत्येक पुत्र का अपने पिता को दिया जानेवाला सबसे बड़ा उपहार है।
- कद-काठी का बुद्धि की लंबाई-चौड़ाई से कोई संबंध नहीं है। बुद्धि का अपना अलग ही कद है।
- एक दिन भी बीमार पड़ने का मतलब है–उस दिन की पढ़ाई का नुकसान। विद्यार्थी के लिए बीमार पड़ना बहुत बेशकीमती सौदा है, जो उसके लिए नहीं बना।
- बच्चे की बुद्धि के साथ अगर माता-पिता की मेहनत जुड़ जाती है तो कुछ बड़ा काम होकर रहता है।
- विद्यार्थी को पढ़ने के लिए स्थान, स्थिति और समय नहीं देखना चाहिए। इसी तरह शिक्षार्थी को पढ़ाने के लिए, मन, मूड और मौसम नहीं देखना चाहिए।
- मुसीबत अकसर कई मोर्चे तैयार करके खड़ी होती है। पर हिम्मत और विवेक इन मोर्चों को जवाब देने में हमेशा सक्षम हैं।

- पढ़ाई के लिए घर छोड़ना पड़े तो कोई हर्ज नहीं है। घर जब छूटता है तो आगे नई संभावनाओं का महल तैयार मिलता है।
- राजधानी सिर्फ राजनीति का स्थान ही नहीं है, बल्कि भाग्यनीति चमकाने का ठिकाना भी है।
- हर बेहतर स्वागत पर खुद को मिले तिरस्कार के दर्द को भूल जाना चाहिए/ही बेहतर है। जब बीते कल से आज सुनहरा हो जाए तो गुजरे कल का देश नहीं सताना चाहिए।
- मुसीबतें कितनी ही बड़ी हों, रास्ते कितने भी अनजान हों, चाहत होती है तो व्यक्ति के लिए राह खुल ही जाती है।
- दुनिया में अगर अपने सगे अजनबी हो सकते हैं तो अजनबी भी सगों से बढ़कर हो सकते हैं।
- बच्चे की दुनिया में जब अकेले संघर्ष की स्थिति बन ही जाए तो पिता को उसकी दुनिया के दरवाजे पर हमेशा मुस्तैद दिखना चाहिए, ताकि वो जब भी बाहर झाँके, उसे अपनों का साया दिख जाए।
- सफलता की खुशी छोटे-छोटे उपहारों से भी जताई जा सकती है, बशर्ते हमारी समझ बड़ी हो।
- जब बच्चा पढ़ाई में संभावना ढूँढ़ने लगे तो उसे अपार संभावनाओं से भरे भविष्य की ओर ले चलना ही समझदारी है।
- बच्चे को उसकी पसंद की फील्ड मिल जाए तो उसकी बौद्धिक और कल्पना-शक्ति दोनों सक्रिय हो जाती हैं।
- वक्त पर सही मदद मिल जाए तो मुँह से भले ही धन्यवाद के दो बोल निकलें, पर दिल से करोड़ों आशीष निकलते हैं।
- कंप्यूटर का इस्तेमाल केवल पढ़ाई-लिखाई के लिए होना चाहिए, न कि मनोरंजन के लिए, वरना जिस मूल मकसद के

लिए कंप्यूटर लिया जाता है, वह मकसद ही खत्म हो जाता है।

- विद्यार्थी जीवन में फिल्में-मनोरंजन किसी भी पढ़नेवाले छात्र के लिए बड़े भटकाव का साधन है। मेरी राय में, ये साधन तब घर में लाए जाने चाहिए, जब विद्यार्थी समझदार हो जाए और शिक्षा खत्म करके किसी क्षेत्र में काम करने लग गया हो।
- बच्चे को उसकी पढ़ाई के साथ-साथ स्वाभाविक शैतानियाँ करने के मौके देना उसके विकास का जरूरी हिस्सा हैं। पढ़ाकू बनना और शैतान बनना—एक साथ होना चाहिए।
- मुसीबत और अभाव के दौर में, प्रेरणा बहुत बड़ा संबल है। इसलिए इस दौर में प्रेरणा के स्रोत जो भी मिलें, उनका स्वागत करना चाहिए।
- हर बड़े आदमी में कुछ ऐसी बात होती है, जो उसे बहुत बड़ा बनाती है। आमतौर पर, यह बात अपने से छोटों को आदर-मान देने की कला है।
- पौधा जब छोटा होता है तो जितना खाद-पानी डालेंगे, उतना ही मजबूत वृक्ष तैयार होगा। बच्चे और पौधे में कोई फर्क नहीं है।
- बच्चे की शिक्षा का सबसे महत्त्वपूर्ण सबक यह है कि अभिभावकों को भी बच्चे के साथ-साथ जिंदगी के नए सबक सीखने चाहिए।
- अगर आप अपने बच्चे की शिक्षा को लेकर पूरी तरह समर्पित हैं तो उसकी दिनचर्या के प्रति भी आपको स्वयं को अर्पित करने के लिए तैयार रहना चाहिए।
- पार्टी विद्यार्थी को परिवार और पढ़ाई से अलग कर देती है। इसलिए इससे अपने बच्चे को बचाएँ।

- इंटेल कॉर्पोरेशन के सीईओ, डॉ. कैग बेरैट का कहना है कि सपना देखना जरूरी है। लेकिन इससे भी ज्यादा जरूरी है–चुनौती देनेवाले सपने देखना। आज देखा गया सपना कल हकीकत जरूर बनता है।
- बकौल डॉ. बेरैट, कामयाबी का सीक्रेट है–बचपन की अच्छी शिक्षा, साफ-सुथरा चरित्र, काम के प्रति रूझान और ईमानदारी।
- लगन और बुद्धिमत्ता भाग्य से बड़े होते हैं।
- कपड़े और सुविधाएँ विद्यार्थी के लिए नहीं हैं। फैशन की ललक विद्यार्थी को भटका देती है। आदर्श यही है कि विद्यार्थी जब स्वयं कमाने लगे तो अपने शौक पूरे करे।
- कपड़े, व्यक्तित्व या सुविधाएँ बेशक विद्यार्थी को अपनी ओर खींचती हों, पर सत्य यही है कि पढ़ाई के आगे सारा संसार झुकता है।
- जो लोग आपके बच्चे पर बारीकी से नजर रखते हैं और उसकी दिनचर्या-पढ़ाई पर भी खासा ध्यान रखते हैं, उनसे थोड़ा सावधान रहने की जरूरत है। जैसे ही आपका बच्चा आगे बढ़ने लगेगा, उनका व्यवहार बदल जाएगा।
- बीमारी किसी भी विद्यार्थी की सबसे बड़ी दुश्मन है, यह उसकी मेहनत को निगल जाती है। इसलिए इससे हर हाल में बचाव करना जरूरी है।
- बच्चे को माँ-बाप की जरूरत जब भी पड़े, उन्हें उसके लिए तैयार रहना चाहिए। इससे बच्चा निर्भर नहीं बनता, बल्कि ताकतवर बनता है।
- अपने बच्चे की देख-रेख, अपने से दूर पढ़ाई करने जाने पर, किसी होनहार, पर नेक विद्यार्थी को सौंपनी चाहिए। इससे

बच्चा दुनियादारी की सीख भी लेता है और उसके कोमल मन पर खरोंचें भी नहीं आतीं।

- रेगुलर पढ़ाई के साथ बच्चे की पढ़ाई निखारने के लिए उसे साथ में उसी क्षेत्र से मिलता-जुलता कोई कोर्स कराना बहुत फायदेमंद रहता है।
- विद्यार्थी की सबसे बड़ी उपलब्धि होती है, जब उसके किए काम को नाम मिले। इसलिए, ऐसा काम लगातार करना चाहिए कि काम के बारे में सबको पता चलता रहे। यह किसी भी विद्यार्थी को आगे बढ़ानेवाला सबसे प्रेरक तत्त्व है।
- विद्यार्थी की सबसे बड़ी समस्या है कि वो जिंदगी और समय की कीमत नहीं समझता। समझदार बड़े, उसे यह बड़ी नीति से समझा सकते हैं।
- आपकी योग्यता का एक मानक यह भी है कि जिस स्कूल में आप पढ़े हों, उसी में कुछ ही समय बाद आपको निर्णायक भूमिका के लिए बुलाया जाए।
- बच्चे की सिर्फ दो जिद पर माँ-बाप भी उसे कुछ नहीं कह पाते और कहना भी नहीं चाहिए—पढ़ाई और करियर।
- जब मेहनत करनेवाले हाथों को भगवान् का भी वरदहस्त मिल जाता है तो उसकी सफलता को कोई नहीं रोक सकता।
- विद्यार्थी के जीवन में कभी भी छुट्टी नहीं होती। अगर छुट्टियाँ आएँ तो भी खाली बैठने या खराब करने की बजाय, उनमें कोई हुनर सीखना चाहिए, जो भविष्य के लिए उपयोगी हो।
- विद्यार्थी पर जब भी निराशा का दौर आए तो उस समय उसे किसी प्रभावशाली व्यक्तित्व के स्नेह और विश्वास का सहारा दिलाना चाहिए। निराशा चुटकियों में आशा में बदल जाती है।

- सामाजिक संस्थाएँ और सुहृदयी व्यक्ति जो प्रतिभाशाली विद्यार्थियों की मदद करते हैं, वे उन अभिभावकों और छात्रों के लिए तो वरदान हैं ही, समाज के लिए भी भागीरथी हैं, क्योंकि उनके प्रयासों से समाज का बहुत भला होता है।
- माता-पिता तो बच्चे के जन्मदाता हैं, पर वे लोग उसके जीवनदाता हैं, जो उसकी जिंदगी को सार्थक बनाने के लिए तन, मन और धन से सहयोग करते हैं।
- जब आप ऊपर की तरफ जा रहे होते हैं और कुछ लोग आपकी मदद कर रहे होते हैं, ऐसे लोगों के चेहरे गौर से देख लीजिए, इन्हीं में भगवान् की छाप छुपी है।

एक परंपरा मैंने कभी नहीं तोड़ी। मैंने सौरव को कभी भी स्कूल से छुट्टी नहीं करने दी। चाहे उसे कितना ही बुखार क्यों न हो? मैं उसे दवाई खिलाकर स्कूल भेज दिया करता था। मुझे लगता था कि अगर एक दिन भी इसका स्कूल छूटा तो यह क्लास में पीछे हो जाएगा। सौरव को हर साल 100 प्रतिशत उपस्थिति का सर्टीफिकेट मिलता था, जो कि मेरे नियम पर उसके नियम पालन की मुहर थी।

सौरव स्कूल में भी अव्वल आता था। उसके क्लास टीचर हर बार सौरव की मार्कशीट पर कुछ-न-कुछ प्रेरणादायक वचन जरूर लिखते थे। अकसर वे लिखते थे–'जिंदगी में जुटे रहो, किसी से हार न मानो, प्रयास करते रहो, सफलता अवश्य मिलेगी।' 'जीवन में सदैव आगे बढ़ो, गगन की ऊँचाइयों को छू लो, अपनी कर्मठता से सबका मन जीत लो।' इस तरह उत्साह और लगन से सौरव की पढ़ाई चलती रही।

दरअसल, पीछे रहना और समय पर काम न करने जैसी आदतें मैंने उसमें पनपने ही नहीं दी थी। जिस दिन स्कूल में सौरव का रिजल्ट आता, उसी दिन मैं स्कूल से कॉपी, किताब खरीद लेता था और घर आकर सभी कॉपी, किताब पर कवर चढ़ा देता था। सौरव साथ में बैठकर पढ़ता रहता था। दो महीने की जब छुट्टी पड़ती मई-जून में तो उसमें सौरव को मैं गणित, फिजिक्स और केमेस्ट्री तो मई तक खत्म करवा देता। जून में अँगरेजी, एसएसटी और हिंदी पढ़ाता था। मुझे एसएसटी और अँगरेजी उतनी नहीं आती थी। इन विषयों की मैं टीचर ढूँढ़ लेता, जो कि उसकी मदद कर दे। हालाँकि मैं एसएसटी उसे हिंदी में समझा देता था और जब टीचर अँगरेजी में पढ़ाते तो वह जल्दी से समझ लेता था।

मैं हरदम सोचता रहता था कि सौरव को हर विषय का अच्छा ज्ञान होना चाहिए। दरअसल, आइंसटीन ने कहा था कि अगर उसने नागरिक शास्त्र पढ़ा होता तो उसे मानव-मूल्यों के बारे में जानकारी होती और वो कभी भी मानव-जाति को हानि पहुँचानेवाली एटमबम की थ्योरी नहीं देता। मैं भी कुछ ऐसा ही सोचता था। सौरव के साथ-साथ मैं भी जिंदगी के नए सबक सीख रहा था।

सौरव में अगर लगन थी तो उसके आस-पास के समाज की पूरी शक्ति भी उसके प्रयासों को बल देने के लिए उपलब्ध थी। समाज को हम अकसर संकीर्णता का ताना देते हैं, पर इसी समाज में सज्जन लोगों की भलाई भी इतनी अधिक है कि उसके सहारे हमारे जैसे बहुत-से लोगों के जीवन में चमत्कार हो रहा है, जो कि वैसे संभव नहीं है। सौरव को हर शिक्षक या अपने क्षेत्र का काबिल जानकार व्यक्ति दिल्ली में भी मदद करने के लिए तैयार था। बिहार में तो मैं यह देख ही चुका था।

मेरी एक आदत थी, जैसे ही सौरव स्कूल से घर आता, हम लोग सभी मिलकर एक साथ खाना खाते। तब मैं सौरव से उसके स्कूल में क्या-क्या पढ़ाई हुई, कौन-सा विषय कितना समझ आया, अगर टेस्ट था तो कितने नंबर आए, यह सब पूछता था। मुझे पता था कि सौरव अँगरेजी के कारण कम नंबर ला रहा था, इसलिए मैं उसका उत्साह बढ़ाने में लगा रहता। जब सौरव खाने के बाद सो जाता तो मैं उसके आगे बढ़ने के लिए अपने प्रयास तेज करता। अगल-बगल में इंजीनियरिंग के बहुत-से विद्यार्थी रहते थे, जो कि इंजीनियरिंग की तैयारी करते थे। मैं उनके पास जाता और उनसे योग्य और समर्थ शिक्षकों के बारे में पूछता। उनमें से कुछ से मैं बात करता और सौरव को उनके ज्ञान का लाभ दिलाता।

सौरव की माँ नाश्ता बनाने चली जाती तो मैं सौरव की स्कूल ड्रेस निकालता। अगर वो प्रेस नहीं होती तो मैं प्रेस करता, उसके जूतों में पॉलिश करके उसके पास रख देता। उसका टाइम-टेबल देखकर किताब-कॉपी उसके बैग में रखता, ताकि इन सभी चीजों की वजह से उसका पढ़ाई में हर्जा न हो। इसके बाद वो जो भी याद करता मैं उसे लिखने के लिए कहता था, ताकि मुझे पता चल जाए कि उसे कितना याद हुआ, कितना नहीं। सौरव के स्कूल चले जाने के बाद मैं उसके लिखे गए उत्तर को चेक करता और जो गलती होती मैं उसे ठीक करके रखता। सौरव जब स्कूल से आता, तब मैं उसे याद कराता कि कौन-सा विषय पढ़ना है। उसकी टेबल पर किताब-कॉपी रख देता, ताकि दोपहर में सोकर उठने पर उसे याद रहे कि उसे किन विषयों को पढ़ना है। इसके बाद, वह स्कूल का होमवर्क और स्कूल में दिए गए विषयों को याद करता था।

जब सौरव के प्री-बोर्ड के एग्जाम खत्म हुए और स्कूल में छुट्टियाँ पड़ गईं, तब मैंने मार्केट जाकर उस समय जितने भी गेस पेपर और महत्त्वपूर्ण प्रश्नों से जुड़े एसाइनमेंट थे, सब खरीद लिए। मैंने सारे पेपर इकट्ठे करके हर विषय पर खुद पेपर बनाकर सौरव को देने शुरू किए। एग्जाम की तरह 3 घंटे का समय मैं उसे देता था। और मैं 3 घंटे उसके पास से हिलता भी नहीं था और जब वह पेपर कर लेता था तो मैं एग्जाम की तरह मार्किंग करता था। सारी मार्किंग उत्तर-पुस्तिका में लिख देता था, जिससे उसे उसकी कमी का पता चल जाए। इस तरह से मैंने प्रत्येक विषय के उसके पेपर लेने शुरू किए। कम-से-कम 20 पेपर तो प्रत्येक विषय के लिए ही होंगे।

सौरव की 12वीं की परीक्षा आ गई। उसने 12वीं का एग्जाम दिया। जब रिजल्ट आया तो वो 92 प्रतिशत अंकों से पास हुआ। सौरव को मैंने ज्यादा फॉर्म नहीं भरवाए, क्योंकि उसके लिए तैयारी भी बहुत ऊँचे स्तर की चाहिए थी। मैंने सोचा कि एक बार इंजीनियरिंग का एक एग्जाम दे दे तो पता चल जाएगा, इसे और कितनी तैयारी करनी है?

2005-2006 में सौरव की फर्स्ट ईयर की क्लास शुरू हो जाती है। सौरव के कॉलेज जाने के बाद मैं उसके लिए नए कोर्स पता करने लगा, ताकि उसकी पढ़ाई को और निखार सकूँ।

❑❑❑